盛开 Bloom

浮生无可说

方达
主编

U0818941

長江出版傳媒 | 湖北教育出版社

目录

为复浮生 无可说

清歌一曲 月如霜

众星罗列 夜明深

水风清 晚霞明

夕阳烟火 隔芦花

莫问平生意，别有好思量

且对浮云山上

正是杨花满路

乱山残雪衣

人去空流水，花飞半掩门

作者介绍

杨康明

⏭ 男，曾获《课堂内外》杂志社全国创新作文大赛奖、广东省作家协会高校征文大赛奖、《人民文学》杂志社全国高校征文大赛奖、上海《萌芽》杂志社新概念作文大赛奖、香港中文大学新纪元全球华文青年文学奖。出版小说集《一本没有页数的书》。第十六届全国新概念作文大赛二等奖获得者。

林木杉

⏭ 用一颗饱满的心奔赴未知的世界，坚信世间有种种不可割舍的深情。她虽只是个16岁女孩，可她勇敢，一直在往前走。

荣嘉奇

⏭ 笔名：苏洛依。第十三届新概念作文大赛获奖者。生于1992年冬天，水瓶座姑娘，安静，低调，善良，易受骗。从不把自己当作一个写作者，而是一个讲故事的人，希望自己的故事可以温暖很多人。

封雷

⏭ 单眼皮男生，1992年11月生于南宁。曾获第十一届新概念作文大赛一等奖、第十二届新概念作文大赛二等奖。

徐衎

⏭ 巨蟹男，小说爱好者。曾获第十一、十二届新概念作文大赛一等奖。南开大学2011级中国现当代文学硕士，长篇处女作《小米村断代史》于2011年7月由文化艺术出版社出版发行，短篇刊于《上海文学》《青年文学》《长江文艺》《作品》《最小说》《文艺风象》《萌芽》《散文诗》《中国研究生》等杂志。

王宇昆

⏭ 笔名：秀伟君。1996年生，双鱼男。厦门大学本科在读，现为北京凤凰雪漫文化有限公司签约作者，长篇作品《当世界已无法深爱》即将出版上市。第十六届新概念作文大赛一等奖获得者。

韩雨

⏭ 女，清华大学人文学院学生。2011年7月由中国文联出版社出版个人作品集《初荷听雨》《晓窗含风》。2013年6月由九州出版社出版个人作品精选集《拔尖计划进清华》。先后获得2009年“第六届雨花杯全国十佳文学少年”、2010年“第八届叶圣陶杯全国十佳小作家”等荣誉称号。

周露瑶

⏭ 笔名：沙白。女，校文学社副社长，主持编辑多本刊物。获得第六届浙江省少年文学之星一等奖、鲁迅青少年文学三等奖、语文报杯现场阅读竞赛一等奖等。曾接受杂志编辑专访，作品见于《浙江少年作家》《作文新天地》等。第十六届新概念作文大赛二等奖获得者。

江易菲

⏭ 双子座。第七届新概念作文大赛一等奖得主。有中短篇作品发表于国内刊物，如《青年文学》《上海采风》等。2009年，自编自导的短片《流光已远》入围成都手机电影大赛。曾任职于导演工作室、外资银行，现任4A广告公司资深文案。

米玉雯

⏭ 1995年出生于北京，典型的金牛座，北京语言大学日语系在读。业余围棋、业余模特、业余长笛、业余韩语、业余播音主持，唯独不想在写作前加上“业余”两字。作品散见于《最小说》《南风》《儿童文学》等杂志。曾连续获得春蕾杯、冰心杯多种奖项。

陈少贤

⏭ 现已大一，是广大喜好写作的平凡青年中的一员。对许多事物有着美妙的感触却又常苦于笔力不能更好地展现自己的感受，每逢一句妙笔便能兴奋得手舞足蹈。希望能在未来的人生路上遇见更多更美的文字，如果其中能有自己的一两抹痕迹，便会感到无限的幸福。

苏吉

⏭ 笔名：苏吉。出生在广东茂名。就读于广东省广东药学院。1993年7月出生。现在广州某座孤岛上念大学，修的是被常人所看好的医药类专业。偶尔写小说，曾经把只写有趣故事当作头等大事。

李紫云

⏭ 笔名：紫棠，1992年生，福建作家协会会员。因出生时脑缺氧，导致手脚不灵便。初中开始爱上写作，曾经在市、县征文和作文竞赛中获奖。多部小说分别刊登在“小说阅读网”“起点”等网站。2011—2013年在厦门大学进修了两年。一些作品在《福建残联》《福建日报》《菲律宾日报》《鼓浪》《盛开书系》《闽西日报》等报刊上发表。2010年第一部长篇小说《去流浪吧》已出版。

陆晓彤

⏭ 青年作者。不想获得什么，只想表达什么。

杨晓萌

⏭ 笔名：苍苍小白。曾获第十二届新概念作文大赛二等奖。90后，属羊，处女座，日本控……与一切被嫌弃的关键词紧密相关。时刻准备着却总是被机会甩在后面的伪文青一枚。身体懒惰，精神永远行走在路上，预计将一生为使身体与精神平行而努力。自得地过着比学生还悠闲的社会生活，自怜地写着比韩剧还娇嗔的文字。

周文

⏭ 1986年6月6日生于四川，现为浙大外国哲学博士生，曾获第五届新概念作文大赛二等奖、第二届新浪网性情作文大赛一等奖、第三届香港中大“新纪元”全球华文青年文学奖，并在各类书刊发表文章数十篇。

木目

⏭ 原名朱旭东，1990年生于甘肃成县，现就读于天水师范学院中文系，无界诗歌论坛版主。作品散见于《飞天》《中国文学》《山东文学》《开拓文学》《甘肃农民报》《天水日报》等刊物，获得第八届全国青少年中华情征文银奖、“龙蟒杯·龙的传人”全球华语诗歌大赛奖、中国文学家园征文三等奖、中国当代诗歌奖新锐诗人奖提名等奖项，有作品入选《世界现当代经典诗选·中国卷》《当代文学作品精选》《当代经典短诗》《甘肃校园文学》。

李林芳

⏭ 生于辛未之末，非典型文艺女青年，接受多年专业法学教育。在珞珈山上樱花树下，渴望做一尾喧嚣世界的漏网之鱼。在细雨中漫步，在阳光下微笑。态度浮在生活的措辞里，我们活在彼此的文字里。第十二届新概念作文大赛一等奖获得者。

黎江萍

⏭ 1993年8月出生于南方小镇。一个普通人，非文艺青年。笔名：阿Lei。曾获第十四届新概念作文大赛二等奖、第十二届新作文杯放胆大赛一等奖。作品主要发表于《新作文》，也曾发表于《创新作文》《高考金刊》。

阿步

⏭ 青年作者。作品散见于《人民文学》《特区文学》《诗选刊》《语文报》《右边》等报刊。曾获第三届万松浦文学新人奖。著有电子诗集《白马少年》《把你种到另一个星球去》。现居河北沧州。新浪微博 @纳阁阿步。

kidult

⏭ 现就读于厦门大学广告专业，第十三届新概念作文大赛一等奖获得者，曾获得完美世界影视杯“中国好故事”每日优秀故事奖，作品散见于《萌芽》《爱格》《紫色年华》《中学生百科》《中学时代》等十余家报刊杂志，及《“作家杯”第十三届全国新概念作文大赛获奖作品选》《美丽时光走丢了》等文集。

王秋声

⏭ 男，第三届新概念作文大赛获奖者。青春文学、悬疑文学、儿童文学三栖作者。在《萌芽》《青年文摘》《格言》等全国数十家杂志发表作品300多篇。

辚啸

⏭ 女，湖北人。写少量文字。暂居深圳。

李乐

⏭ 男，1991年出生，湖南湘西人，笔耕七年。受余华等前辈的先锋文学影响，同时融合自己90后风格，绕过本土作家沈从文先生优美自然的描写手法，将湘西的另一面展示出来。

张雁南

⏭ 1985年的处女座，在西藏最西边的城市工作，这个城市叫狮泉河。热爱文字和旅行、阅读。在最安静的地方安守着自己的梦想。

钱源

⏭ 1995年4月出生于安徽淮北，笔名苏梨。生长在尴尬的南北方交界过渡带，卖不了萌但耍得了二。出门只喝纯水，不听华语歌，习惯把吸管咬扁。顽固偏执的笨蛋一个。曾获第十四届新概念作文大赛二等奖。

林丽茹

⏭ 女，笔名繁浅。1994年出生于山东枣庄，典型的狮子座综合征患者。2012年底开始写文。比起喜剧的团圆结尾，更喜欢悲剧的离散收场。文章散见于各类言情杂志。曾获第十六届新概念作文大赛一等奖。

我们隔岸相望，期待有一天终能相见。
有时候我们撞上了，相遇不过一瞬。
尽管带着伤痛，我们还是珍惜一瞬的相遇。

浮

有时候期待时间快走，有时候希望它慢行，有时候真不知道它是快些走好还是慢些行好。往往如此难以评判的时候，时间它自己的抉择是最公平、最准确的。

无　可

生

不要辜负好时光。

说

我的青春是什么，我的青春里又有什么？

有些东西在亢奋的季节里猝然死去，有些东西在茫茫大雪的覆盖下静静生长。
这些事情像大地深处的秘密，日复一日地轮回，没有终点。

PART 1

为复浮生　无可说

苦 楝

⏭ 文 / 周露瑶

1

满月的晚上，潮湿柔软的空气海藻般纠缠上她初具雏形的身线，一丝一缕地渗入、翻腾、缭绕，最后滚进温沫清秀的长发里，死死揪住了她的头皮。一种微妙的欢愉，掺着类似无望的味道，来来回回地顺着她舒展修长的双臂荡开来……

冷白的月光和远处黄红的灯光从经年的、带着褶皱的素色窗帘底部缝隙间钻了进来。一只“小妖”在黑暗中跳着未名的舞，像是进行某种神圣古远的朝拜，一个人的朝拜。

这是一间快要散了架的老屋，几十年前看上去如此，几十年后仍旧如此。

漏进来的光束中不知名的絮状物浮沉起落。深灰色的水泥墙角里靠着一个常可以在谷场上看到的簸箕，里面有大把纠缠的白发和几个空的药瓶。温沫还清楚地记得老人哆嗦着手把空瓶放在耳边晃动时颓唐的神态。旁边的小木桌上搁着一台掉了漆的电视机，正对着木床和图案繁复的木橱。一张泛黄但干净的素帐从床沿拖曳至梳妆台。几条细细的纹路勾勒出熏黄粗糙的图腾，古老、澄净的木香碾过屋子的每一个角落，落在时间的蛛网里凝固。

她熟悉这里的每一处摆设、每一种味道，尽管这不是属于她的地方。

温沫缓缓地抚上了镜面里的自己，顺着时间的擦痕一遍又一遍，指力简直像要穿透这薄薄的镜面，进入镜子后面不可知的另一方天地。也许那里也有白墙、灰瓦、石檩梁，爬了满墙的薜荔和墙头的流苏瓦松，还有屋前抱着苦楝子笑得痴傻的孩子。

夜里的静就像鸟嘴里的一颗种子，落在这个小屋里，生根发芽，藤条铺满了整个大地。

2

屋前不远处的苦楝子有些歪斜，那是它年幼时与一场夜里的台风抗争的结果。年老的枝藤已经发紫，树皮暗褐、纵裂，像缺水的龟裂的土地，把自己的脆弱袒露在时光里。日光在它的枝干上流淌、风干，成了一个个凉粉果。

温沫和堂妹静静半跪在树下，手里拿着剔透的玻璃珠，稚嫩的手沾染了泥土腥臊的气息，但好在没有人会介意。半晌，两人便累得躺平在地上。

“姐，他们说我是野麻雀，没人要的野小孩……”静静小声地说着。

“没人要吗？”温沫歪了歪头，笑着说，“给我吧，我要你。”干净的声音软软的，眼神却落在了半空中将散未散的炊烟和暗蓝中掺着红黄的天幕上。

带着一种莫名的安心，静静婴儿肥的脸上又孩子气地绽放出光彩。温沫忍不住忽地站起来，伸手捏了捏静静的脸。后者像炸毛的猫一样，拱起身子叫嚣起来。温沫也不管，冲着静静伸出一根食指，干净的眼神投在她的花猫脸上笃定地等着。静静稍犹豫了一下，小小的手还是握住了那根食指。

温沫露出一抹得意的笑，毕竟她也只比静静大五岁而已。可五年的时间，足够让她知道一些事。例如静静怕黑，有点呆，总被其他孩子欺负；例如自己的名字是奶奶取的；再例如她们四岁以后就和爷爷奶奶住在一起……这时温沫低头看到了静静的小手紧紧抓着她的食指，就像抓住了天下最了不得的珍宝。

夕阳的光摔进了枝叶间，在地上戳出一块块斑驳的色彩，两个小小的身影手拖着手，在古朴的大地上烙下了拉长的、变形的记忆。

只是没想到，待回忆的那天竟是另一番光景。当然，这是后话了。

不远处，一位老人独自坐在门口，望向这里，木制的摇椅悠悠地晃动。

灶头上柔软的水汽升腾，温沫、静静、爷爷、奶奶，还有小猫——他们一同捡来的流浪猫，一起吃了晚饭。温沫不经意间看到奶奶慈祥的笑，便想起了梳妆台上奶奶年轻时的照片。

一身得体的无袖双襟旗袍，看上去像是静静地、倔强地从墙角开出的野蔷薇，一簇青丝微微挽起，露出一截羊脂般白皙的脖颈。簪在鬓边的白色茉莉，却星星点点地透露出一份清雅。虽然照片上的人背对着温沫，但温沫一眼认定那是奶奶的照片。她一度对着这张照片发呆。奶奶原应是极清秀的女子吧，只是时间总在不停地往前走，越往前走，记忆就埋得越深，直到最后成了埋葬在白发里够也够不到的遗憾。如今每个周末，爷爷都得带奶奶去一趟医院，奶奶的身体很差，沉疾已久。下午出发，半夜归来，无一例外。

是夜，温沫和静静在自己的小房间里继续玩玻璃珠游戏。珠子似乎带着自己的意识，跳出了温沫的掌心，滚进了木床的底下。温沫只好趴着去够，却摸着了一个纸箱。

纸箱在暗黄的灯泡下有一圈淡淡的晕，温沫轻抚了一下，灰尘飘飞得到处都是。像是开启了一个未知的魔术盒，温沫在里头发现了许多照片和信封，最下面竟然压着一件……旗袍。温沫与泛着腐朽气息的旗袍对视了良久。隔着时空的距离，眼前仿佛出现了它贴着奶奶年轻的身体，而奶奶轻笑着转过身来的模样。静静有些奇怪，轻拽了她的衣角，温沫突然回过神来，把东西又放回去。只是不知道为什么，心里像有只小兽在蠢蠢欲动，连带着她的手都莫名有些微抖起来。

夜在暗处越增越厚。有些不可知的东西在蛰伏，就像是悲剧性的事物，有着精彩的泪水和战栗，丝丝缕缕悬在了小屋的檩梁上。

3

古巷延向无法料知的前方。温沫一路走着，她听到自己的脚步声一下一下清晰地从遥远的地方传来。夜幕下的小巷格外空寂，温沫拢了拢外套。有凝固得紧的记忆，在小巷里浮起，堵在温沫空落的心里，密不透风。

不远处的苦楝渐渐从夜间朦胧的水汽中显出佝偻的体态来。每走近一步便生长出些许具体的叶片，直至温沫站在苦楝跟前看到了叶片上钝锯齿的边缘。那日傍晚，静静站在树下冲她挥手的模样瞬间清晰起来。

尘封多年的零碎片段一下子扑涌了过来。静静的嘴微张了一下，但温沫还没听清楚她说了什么，那个陌生的中年男子就牵着静静走了。那是静静的父亲，他来带走静静，去一个没有苦楝树的地方。

温沫的身子不稳地晃了晃，疾步推门进屋，抱起门边的小猫，却不进自己的小房间，反倒蜷缩在奶奶那老旧梳妆台旁的椅子里，隐在了黑暗之中——周末的晚上，爷爷要到半夜才会到家。温沫的一连串动作如此熟稔、自然，仿佛她本就是黑夜的一部分，本就是一只夜里不知名的小妖。

这时淅沥的雨声隔着一扇薄薄的窗传进来，透着泥土和青草的气息，带着某种鼓动的意味。小妖抬头看到了镜子里的自己，少女初长成的美好和纤细都画在了上面。她不由得又望向了那张泛黄的照片。镜子里温沫的容貌仿佛在迅速老去，和老人的模样恍惚重合。似乎有一位老人曾经也在这里静坐，等待着不安的未知。

这张老式的梳妆台有着醺黄的水波纹理，多了点时间流过的味道。抽屉的把手已经成了黑色，时间留下来的黑色，连着过去与现在的味道。过去是老人的，现在是温沫的，像一个循环的怪圈，让人无法挣脱。

雨声越来越大，温沫拉开了窗帘，微微有些说不上来的焦虑，心里的不安和烦躁的感觉愈来愈盛。很久以后她才会知道，这种感觉有一个极其动人的名字——孤独。现在呢？温沫站在小窗透进来的薄光里，开始小声地歌唱，唱了什么连她自己也记不清了。只有压抑、干净的嗓音顺着淅沥的雨声，一声声地穿透墙底的片石、墙缝里的薜荔和墙头的瓦松，穿过一个世纪的时间积垢，去抚摸温沫骨子里够也够不到的、无人在意的隐痛和孤独。

唱到嗓子都暗哑了，温沫才疲惫地走进了隔壁自己的小房间，疲惫地睡去，明天还要返校……朦胧中听到门开合的吱呀声，窸窣的脱衣声，还有奶奶痛苦的呻吟。

大概是风湿病又犯了，温沫担心地想着，但是意识拽着她不断地沉入空寂的谷底，一个无声无光、无知无觉的世界。

4

苦楝树仍旧立在屋前的不远处，仍旧是歪斜的躯干、干裂的肌理。太阳还很高，却照不到伏在树枝上的鸟，也照不到温沫的身体。温沫从未体味过这样的情绪。她刚从灵堂回来，表现出异常的冷静。虽然这是她十八年人生中参加的第一场葬礼。

灵堂从外到里放满了各式各样的花圈。不是让人悲伤的苍白色，而是各种花朵最绚烂的、最炽烫的色彩，灼伤了温沫的眼眸。温沫一个一个看过去，眼睛一点都不敢眨。直到看到署了自己名字的挽联，突然被惊吓似的长长吸了一口气，吐出来的却是挥不散的、悠长的苦涩。静静微胖的脸庞裱在黑白的镜框里，呆呆地笑着。

在春天，在花朵和白鹭盛开的大地上，死亡被花朵和白鹭簇拥，被它的收获簇拥。

温沫终于忍不住逃似的离开了这个地方，虽然她看上去每一步都踩得格外坚稳，背挺得笔直，头也不回。

温沫曾经无数次在梦里设想过她们的相逢，但现实仿佛那么不现实。其实她是想笑的，只是她突然笑不出来。她极其缓慢地蹲下，捡起了掉落在泥土上的一颗凉粉果喂进嘴里。一种麻痹人思想的苦味一下子充斥了温沫的骨骸，有看不到的东西悄无声息消散在白日里。

温沫坐在副驾驶座上，手里捧着一个朱红色的松木盒——大概这是静静灵魂的净重。满车都是呛人的檀香，温沫却不敢咳一声，僵直着背。

车一直沿着河岸往上开。温沫望见了一条河，忽然记起和静静在这里帮奶奶洗衣服的情景。僵硬的手脚终于挪动了一下，可还是麻痹得没有任何知觉。静静现在应该心情不错，想起以前她和温沫玩捉迷藏的时候总希望自己能瘦一些，好整个儿缩进柜子里，现在要做到很是容易……

往日的景象，细致、坚实而触目惊心，如同匕首插入后鲜血的回流。

车还是沿着河开，温沫以前从不知道这条河有这么长。她仿佛耗尽了半生的时光去走完这条河，走向苦楝树下的两个孩子，走向在现实里挣扎的隐痛，走向这条河未知的第三条岸。

但是，现实仍是有终点的。温沫随着其他人一起下了车，爷爷给松木盒顶了一把黑伞遮挡日光。大家顺着斜坡走到大理石砌成的两个方块格前。

法师开始进行仪式，先是撒泥土，再是五谷等各类东西。其他亲属展开一块鲜红色的红布在下方一一接住。最后，爷爷在墓碑前布菜，让温沫将松木盒放进墓格里。温沫冷静地看着其他人的号啕大哭，这时候才终于慌乱起来，手完全僵住了。不等她反应，爷爷已小心地接过松木盒放了进去，把其他衣物和燃烧的纸钱放在旁边的格子里，再把石板覆盖上。几个法师立马用水泥把缝隙填满了。几位亲属的泪水也就自然止住了，显出一副副麻木的、陌生的面孔，刺痛了温沫的心脏。

温沫只是一个旁观者，当时间往前走的时候她只能看着，什么都做不了。深深的无力感摄住了她，又再随大家一起上车。当一个集体按照一个口令齐步走的时候，灵魂不在场。

有些东西在亢奋的季节里猝然死去，有些东西在茫茫大雪的覆盖下静静生长。这些事情像大地深处的秘密，日复一日地轮回，没有终点。

5

温沫单膝跪在地上，打开了尘封的纸箱，四周散发着熟悉的、古老的、落寞的、怪诞的、放纵的气息。她悄悄地取出了那件织锦缎无袖双襟旗袍。

旗袍泛着蓝色的暗淡光泽，葱白线镶滚。缎面上绣着水般流畅的鱼纹，鱼头咬着鱼尾，像一个怪诞的圈，周而复始，带着某种宿命的味道。

她褪去了身上的衣物，白皙的肌肤在夜里有淡淡的光泽。旗袍奇妙地贴身，温沫立在梳妆台前，看着镜子里接近白色的一抹水色，却流露出另一种清淡的、微苦的妩媚，就像她脸上自然的红晕。她舒展双臂，赤着脚跳起小小的舞步，雾一样的快意和战栗碾过她的身体。舞步暗转，温沫一抬眼便看到了站在门边的静静。她微微开口，与被男人带走那天一样的口型……

温沫的瞳孔急骤扩大。

猛地睁开眼——天花板上的角落里有一只蜘蛛在结网，小猫安静地趴在床边，隔壁爷爷的酣睡声一起一伏，枕边的钟停在凌晨五点。

她默不作声地起身，披了外套从后门出去，再绕到那棵苦楝下。靠着苦楝坐下，莫名想起书上对苦楝的评价——耐寒、耐碱、耐瘠薄，生于旷野。这么多年来第一次发觉，她和这苦楝如此相似。

刚才，她听清楚了那个黄昏静静张口后发出的音节。仍旧是微胖的、有些呆呆的笑容，静静开口唤了一声“姐——”。温沫一直未落的泪珠崩溃般一颗颗砸在泥土上，瞬间就消失了。哭累了，她便又沉沉睡过去。

梦里，温沫不再是白日里外表坚忍孝顺、符合所有人想象和期待的乖孩子，她只是一只脆弱的、受伤的荆棘鸟，落在一个平原上的苦楝林里。苦楝剥落的树皮怪叫着将她圈禁，叫她无处可逃。平原上的生活如此乏味，没有永恒的陪伴，只有不住的回望，一览无余的寂静在苦楝林里折磨着温沫迷失的日子。

尾声

温沫终于还是结束了高中生涯，告别了不少她连名字都没记住的同学，考了一所符合奶奶想象的大学。离开的那天，阳光分外鲜明，温沫拎着行李，终于忍不住回头望了一眼。奶奶风韵犹存的脸上有温暖的笑容，倚着爷爷站在门边。背后瓦墙上绿色的、鲜嫩的薜荔和苔藓铺展开去，直到视线的尽头。

温沫放心地笑了笑，还好今天没下雨，她最害怕听到奶奶犯风湿病时痛苦的呻吟。

温沫稳健地迈开步子背着日光远去。一大簇苦楝叶落在她的身后，那棵苦楝树栽倒在亘古的大地上，抛弃了一地的凉粉果。

存 在

⏭ 文 / 张雁南

我每天都在窗前凝望着那片荒凉。

我凝望着月亮升起，月光让那片荒凉更加阴冷，冷到心底的深处。

然后我想象着某个人会不经意地望望我这座小屋，我这座小屋里橘黄色的灯光。他们前面的终点不会是我这座小屋。我甚至已经远离了路边，前后左右的空旷似乎在消灭我的存在。但我的确存在，就像我能听见自己一次又一次的咳嗽，咳到肺里开始撕裂——这是外国文学名著里最常见的情景：一个孤独的女人，重病缠身，旁边摇篮里的孩子开始大声地哭泣，而这个女人已经窘迫到没有一分钱给她和自己的孩子买一点儿吃的。

事实上，这样的书籍就摆在我的周围，从《简·爱》到《苔丝》，还有《包法利夫人》《呼啸山庄》，我带着这些书，纸质的书，或许只是为了证明我曾经的存在。我小小的电视里在播放着某个关于爱情和婚姻的电视剧，桌子上的苦荞茶已经凉透了，凉透的苦荞茶甚至开始结冰。但这个冬天，到现在为止都没有下雪，每天甚至还有看上去火红的太阳，它虚情假意地存在于我的上空，然后不提升哪怕一丁点儿温度。

然后，天就亮了。天亮的时候我终于明白其实我是住在一排房子的中间，前后左右都有邻居，格桑、欧珠、曲珍、桑杰，这些名字让我终于想起我是来了西藏，这个叫作狮泉河的地方。

然后，他们开始打酥油茶，他们开始在自己的院子里高亢地歌唱，他们开始一天的生活。再然后，歌声和酥油茶的香气都飘到了我的屋子里，我无法挽留它们，它们很快就消失殆尽。而这个时候，我明白我该去工作了，和格桑、曲珍他们一起。

狮泉河不多的水已经结冰了，结冰的河水上有几只小狗在游戏，这样的野狗随处可见，它们已经学会了与人和平相处。我似乎应该去惊叹这些小狗们顽强的生命力，它们经过了一个又一个这样寒冷的夜后为什么还可以活着？后来我想是因为我居然也活着，很多人都活着，它们为什么不可以活着？

太阳开始在我面前明晃晃地照着，它没有温度，只有紫外线。稀薄的空气让紫外线灼伤着每个人的肌肤，格桑他们早已习以为常。我忽然感到我宽大的太阳镜和口罩就是一个笑话，我真能幸免于难？我想起了苔丝，想起了简，她们的脸色似乎永远都是苍白且没有血色的，就是这样的女子被某个男人爱上继而甩掉，然后在一个冷似冰窖的小屋子里守着她和那个男人的私生子。

在街头播种爱情的公狗和母狗永远不会为人所待见，人们只希望狗儿们在他们的后面摇着尾巴做可爱状，虽然一切都只是存在的一种表象。人们有了屋子，所以有了所谓的文明；有了河流，所以有了可以包容文明产生的污垢的地方。所以，人们在大醉后会去河边呕吐，各种排泄物最后也会倾泻到河里；此外还有各种各样的尸体，比如人的尸体、猪的尸体、狗的尸体、蚂蚁的尸体、树叶的尸体，最后都会汇聚在河流里，一路向东。

我从东边来。

他们告诉我西藏或许会不一样。后来，我告诉他们我终于在西藏找到工作了。我不用再去挤脸会贴在玻璃上的地铁了；我不用再住在十二个人一间的高低床上了；我也能找到可以放风筝的地方了，我可以不停地从这边跑到那边，不管多远的距离；我不用再看见拥挤的人群，不用再看见他们似乎上了蜡的脸。

我睡在我的床上，就可以听见嘹亮的藏歌；我睡在床上，就可以闻见飘香的酥油茶。

然后，我告诉他们，我还是只能在每个晚上看关于婚姻和爱情的电视剧，还是只能用手机给他们打电话，还是只能用电脑记录这一切。

我的吉他已经断弦，一根，两根，三根。

我的钢笔已经不再出水。

我的信纸，被尘封在了木箱子的最底层。

然后，我告诉他们，我在这片空旷里只剩乱想，比如想想所谓的文明，在那个所谓进入大海的入口之处，文明高度发达的地方，其实汇聚了所有可能的污垢，但为什么人们却如此趋之若鹜？

然后，这些人会说："我好想去西藏。"

我存在于某个时刻，但这个时刻必须要让我自己真正明白我的存在，而不是小说一样的存在。其实，我根本就不是什么简和苔丝，我甚至没有一份能欺骗我的爱情。我在想三毛笔下的那种存在可能真的只是在欺骗自己，那个叫荷西的男人只是她认识的某个路人甲。在远离人群的地方，可以有各种各样的编撰，因为没有人会去考证。

我和曲珍在一个办公室，她是一个似乎永远都没有忧愁的女孩子，即使她的爱人远在西藏的另外一边，坐班车要三天两夜。她给我看那个叫四郎次丁的康巴男人的照片，不是用电脑或者手机，而是一张夹在钱包里的照片。这个男人有胡须，很多的胡须。我就跟曲珍说我不喜欢有胡子的男人。曲珍笑着说："那我让他刮掉好不好？"

曲珍用我的支付宝一直支付着她给她的男人四郎次丁买的各种东西：衣服、鞋子、土豪金的手机、四郎次丁养的金毛的狗粮。

曲珍说："我穿什么都可以，四郎次丁不可以穿差了。"

曲珍说："我用什么手机都可以，四郎次丁必须要用土豪金。"

曲珍说："我吃什么都可以，四郎次丁养的狗狗一定要吃好狗粮。"

那个叫四郎次丁的男人后来娶了曲珍，开着他的东风牌大卡车从西藏的最东边到了最西边。刮了胡子的四郎次丁很好看，那一天我忍不住对曲珍说："把他让给我吧。"

大家笑笑，我看着四郎次丁把他的女人曲珍抱上了东风牌大卡车。那一天，太阳终于有了温度。

那一天，我在充满温暖阳光的小院子里翻阅着我的《苔丝》，然后把我那把断了弦的吉他接上，我在轻弹着我的《存在》：

虽然我已经看见了前面的黑夜
但我依然往前
前面那一点点的烛光
是一切的源泉
我想我真的存在
就像你一样地存在
不管是源头还是终点
你都在向我走来
我想我真的存在
就像你一样地存在

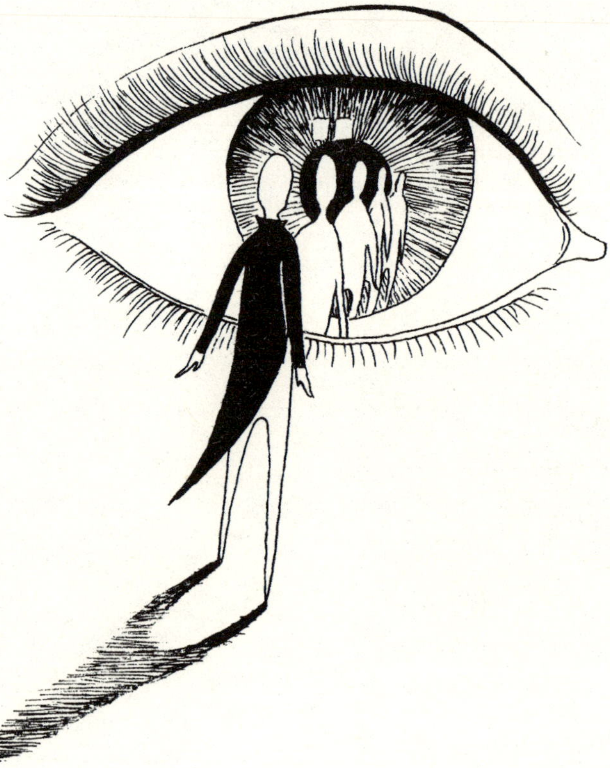

大谎言家

⏭ 文 / 米玉雯

孤独是一座花园，但其中只有一棵树
绝望长着手指，但它只能抓住死去的蝴蝶
太阳即使在忧愁的时候，也要披上光明的衣裳
死亡来自背后，即使它看上去来自前方
前方——

周围刹那间暗了下来，我不自觉地用力握紧了手中的可乐杯。这种被黑暗包围的感觉，恐慌而富有安全感。

大屏幕亮起来，凄凄冷冷的“W区Q号”几个字显示了在努力惊悚的深邃背景上。

夜场，加上又是已经上映很久、口碑极差的冷门电影，猩红色的座位上只有远处几个零零散散看不清脸的轮廓。

怀里的爆米花散发着甜香。我放好可乐和爆米花，找了个舒服的姿势蜷缩起来，摊开没看完的诗集。这是我最喜欢的时刻。

初中毕业后，我养成了有空来电影院看书的习惯，尤其喜欢恐怖电影。起初

还会被恐怖电影里此起彼伏的尖叫声吓到，现在习惯后，连爆炸声我也可以自动屏蔽掉。没什么特殊理由，只是在这种环境里我更容易进入情绪，更容易看得下去书。

虽然有那么点不太正常，但还远够不上怪胎的水准。

电影很快结束了，保洁大妈过来叫我离开的时候，片尾花絮也已经播完。我起身穿上外衣，戴上帽子、围巾和口罩，然后手忙脚乱地收拾占用了三把椅子的诗集、可乐，还有没动过的爆米花。

抬头的一刹那，我清晰地看见了保洁大妈摆在脸上的不耐烦和眼底的厌恶。

作为这个世界上生物链顶端的人类，我觉得落荒而逃的自己很像一只老鼠。

楼道里面一如既往地漆黑，老旧的灯泡年久失修，物业每月按平米收钱却几年换不上一个好灯泡。

邻居家老太太养的那条讨厌的小狗听见声响声嘶力竭地狂吠起来。

我摸索出钥匙打开门，随手抱起迎上来的团仔——我的同居室友，一只纯白色的混血猫。它缩在我怀里，朝那条疯狗狂吠的方向龇牙咧嘴地喵呜表达愤怒。我准备关上门，夜光钟映入我的眼帘，已经快到凌晨一点了。

我轻咬下唇改变了主意，随手拿起猫零食堵住团仔的嘴，把门留了一条细细的缝，用人类耳朵难以听见的分贝，轻轻地、一下一下地拨弄门把手。

我在心里默数秒，不多不少三分钟，团仔刚好吃完一根猫条。

我听见对门窸窸窣窣地摸索着门锁，那个中年妇女开门的声音比我想象中还要巨大，轻而易举地遮盖了我小心翼翼的关门声。

“你们家人都死绝了呀不管狗？这都几点了狗还没完没了地叫！教养和素质都喂狗了是不是？都是些有人生没人养的东西……”女人的叫骂声越来越难听，我盯准了老太太忍无可忍终于睡意蒙眬打开门回骂时，拨通了110。

半夜被打扰因而怒火中烧的警察只是简单了解情况后，就拎着老太太那只只拿来当玩偶绝舍不得花钱办证的小狗离开了。

楼道回归安静。

我叹口气抱紧了团仔。其实谁愿意这样做，毕竟那临走还在号叫的狗很是无辜。

1.优等生

毋庸置疑，我是一个优等生。

这一点从我第一次踏进幼儿园的大门那天开始就被不遗余力地证明了。我名字下面排着满满当当的小红花和已经无处可盖的小印章，小班的时候会背乘法表，中班的时候会背出师表，大班的时候我已经看完全部的图画版四大名著了。后来上了小学，我是班长，成绩永远排在年级前三。可以戴队标了以后，我是第一个中队长、第一个大队委。广播主持、班会主持、升旗仪式主持，都不过是流水的搭档固定的我。我是整个学校所有老师的宠儿。

初中之后，学校的文艺活动越来越多，我学习的时间随之越来越少，成绩略有下滑，但还在心理可承受范围之内。从幼儿园锻炼出来的嘴甜、乖巧、大方得体，让我的成绩显得并不那么重要，老师依然横竖看我都无比顺眼，除了学习委员的职位，其他我依然样样能做。

我是所有同学、家长口中最完美的“别人家的孩子”。

眼看着时针已经指向了3，我却依然毫无睡意。抱着团仔躺在床上，我开始期待明天晚上的初中同学聚会。

这是我们高中毕业之后、上大学之前的第一次聚会。而我们无一例外都相信，上大学以后数不尽的自由时间，会让我们常常相聚。

——你考上哪所大学了？

——××戏剧学院。考试没发挥好，幸好艺考分数低。

——这么厉害？我没考好，只上个二本，不过没去外地就好，以后有空就出来玩。

我歪头顿了顿。人家说了这句话以后，我是热情地回应“那一定，天天玩都行”，还是矜持地点点头答一句“好”更合适呢？

这也是我的一个爱好，和在播着恐怖电影的电影院里看诗集一样的小癖好：在前一天晚上，设计好第二天可能会出现的每一种情境里的每一句对白。凭着多年经验，我已经可以准确地掌握每一种突发状况，并且按照计划做出每一个表情。

除了遇到那个叫作徐桓的神经病时。

我猛地一哆嗦，惊醒了怀中睡着的团仔。

上次见到徐桓还是在高二那年的初中同学聚会派对上。

事实上，初中三年里我对于这个同班同学的印象，都没有那次聚会的十分之一多。他长相平庸、身材平庸、成绩平庸，属于从人群里捞出后他妈都不见得能第一时间分辨出来的那一类人。

大家一起吃饭的时候，几个女生突然起哄似的让徐桓坐到了我身边。俗称“一杯倒”的我喝了几口啤酒有些忘乎所以，盯了几秒他的脸。我问那个朝他挤眉弄眼的女生：“这是我们班同学吗？”

女生还没来得及表现出惊愕，就下意识地回答我：“是呀，你不记得他了吗？他初中时还向你表白过呢。”

我愣了愣，又使劲看了会儿他的脸，对他说：“哇，你好适合去做卧底。看一百遍都不会有印象的脸不做卧底实在太可惜了！”

或许是这句话惹到了他，那天晚上我被他之后的几句话醒了酒，窘迫异常。

“听说你中考才考了两百多分，怎么能去一中的呀？”没有打招呼的开场白，他仿佛是特地来质询我的调查员。

“你不知道仇颂漪她爸是区教委的呀，安排个学校还不是小意思。”坐在我身后的小敏抢着替我回答道。

我不好意思地笑了笑，抿着嘴点了点头。

这种问题太初级，答案和回答时应该做出的谦逊表情我都对着镜子彩排过数十遍。

“一中全是学霸，竞争一定很激烈。这次期末考D区的语文作文题据说特别犀利，你怎么写的？”徐桓吃了一口面前的咖喱饭，用他那张大众脸期待地看着我。

我愣了愣，一个激灵精神起来。

“……徐桓是吧，你在哪个高中？”

“F区的十三中，肯定比一中差远了。我们期末考试前的模拟试卷是一中的，太难了！”

我含混地笑笑，回答道：“还好，还好。”

“《椅子不用倒着放》这种题目都还好？你承受能力也太强大了。”

“习惯就好了。”我挺直了背，撇了撇嘴抱怨道，“不过刚看见题目时我都惊了，太奇葩了。最后写成一议论文，才得了53分……”

“天，我的作文就没上过50分。”徐桓一脸赞叹，“一中最近不是在办文科冲刺班吗，我挺想报名的。据说辅导师资都是本校教师，没准还会有你们老师呢。你们班老师叫什么？要是刚好教我们还可以套套近乎……”

“姓赵……”手机屏幕亮了起来，我抓起手机有些抱歉地站了起来，“我先去给我妈回个电话。”

作文题目、老师叫什么，这都应该成为同学间的话题吗？天知道一中的某个老师叫什么。不过作为百家姓的第一顺位，总会有个老师姓赵吧。

脱离他们的视线后我蹙着眉不再伪装成打电话的样子，才发现自己已经渗出一后背的冷汗。

刚才应该没有露出太多窘迫和生硬吧。给自己的随机应变鼓了个掌，再次回到同学聚会上时，我和几个女生热火朝天地讨论起最近热播的韩剧，刻意避开了那个叫作徐桓的大众脸。

我讨厌他，理由很简单。

他说的每一句话都在我掌控之外，会让我措手不及。

2.孤独患者

我中考成绩只够上一所糟糕透顶的职业高中，教委工作的爸爸暗中使了很大劲才把我塞进市一中。高中三年成绩不好不坏，身边是来自各个初中的优秀尖子生，我安了心做凤尾。高三选择艺考，又有那么些小聪明，轻而易举拿到了戏曲系通过证。文化成绩要求偏低，于是他们在题海中煎熬而焦灼的那个高三，我就这样侥幸逃过。

我不再像从前一样被众星捧月，依然时常和初中、小学时的好朋友周末出来玩，只是越发懒得再和新同学掏心掏肺，也没兴趣再和一个陌生人找共同话题。人人网刷屏转发的“初中时的朋友才是真正的朋友”给了我义正词严的理由。虽然那年人人网上同样风靡的还有“论穷丑矬如何进化成丑矬穷”。

交新朋友这件事儿总被我用各种理由搁浅，我安慰自己或许朋友已经饱和。

直到有一天我怀疑，自己也许得了一种叫作孤独的病。

“你考上哪所大学了？”

“××戏剧学院。考试没发挥好，幸好艺考分数低。”

“够厉害的了！还好没去外地，以后有空就出来玩。”

“好的，一定。”

掌控了聊天的节奏让我心情舒畅，微笑着喝了一大口杯子里的苏打汽水，下一秒却险些因为像个鬼魂一样出现在我身旁的徐桓全部喷出来。继上次聚会的匆匆一瞥，我和他已经两年不曾见面了。

他那张分明毫无特点的脸上洋溢着满满的可怕热情：“我姐姐也在戏剧学院

戏曲系，大二了，回头我让她帮着你点。”

“不用麻烦了，我又不是不能自理。”

“我的学校离戏剧学院只有一站地！等开学了我叫上姐姐咱们一起吃饭吧。”他像是听不懂我语气中的拒绝，拿起手机示意我输入号码。

“好呀，”我保持着笑容，和徐桓交换了手机号，“上次聚会，她们说你初中时向我表白过？”

“是呀，”他落落大方地承认，有些出乎我意料，“追你的人那么多，我只是表白而已，不记得很正常。”

那天聚会结束后，我总会收到徐桓发来的短信。

——在上课吗？

——睡了吗？

——中午吃饭了吗？

简短，乏味，和大学里的同学一样。咖啡厅小聚时我这样对初中的好朋友形容徐桓。

太久不曾有过新的朋友，我像是丧失了同陌生人对话的能力。上了大学以后，我更加意识到，初中的朋友才是真正的朋友。

她们总是笑着打趣我说：“他肯定是爱上你了，要不就在大学里找个男朋友让他死了这条心吧。”

我撇嘴回应，大学里的男生和徐桓的无趣程度不相上下。

我没有说的是，一个真心实意的男朋友会让我无论自愿与否都在不经意间吐露心扉，而和一个原本陌生的人交融生活的每一个细节变得亲密无间，这是我最讨厌的事情。

大学第一个学期快结束时，我接到了徐桓的第一通电话。他的开场白分明是网上被用烂的韩剧狗血桥段。

“我在你学校门口，出来吧。”

我反应了几秒钟，努力压抑朝他吼“你是谁呀你，让我出去我就出去”的冲动，用尽量温柔的语气说：“我现在不在学校。”

“你们不是今天期末考试吗？”他有些诧异。

“呃……上午考的课我没报，下午才有我的考试呢。”

“嗯，那你来的时候给我打电话，我在附近网吧等你。”

挂断电话后我迟疑了几分钟，开始洗漱换衣服。学校距离我的住址足有一个小时的车程，究竟为什么要浪费自己宝贵的休息时间去见这个讨人厌的徐桓，一路上我都没能得出答案。

坐落在幽深胡同里的学校，地上堆积着大片隔夜的余雪，门口卖棉花糖的小摊前三两情侣排着队，嬉笑玩闹，商量下午考试备用的作弊方法。他们离得那样近，嘴里哈出的热气悄无声息地碰撞在一起，纠缠在一起。

我有些发呆，这一幕，不过是这些人的日常。

“仇颂漪！”徐桓举着一个粉红色心形的棉花糖走了过来，“我看那些女生都喜欢，就给你买了一个。”

“谢谢。”手在我头脑反应过来前接过了棉花糖。女孩儿对这种蓬松而甜蜜的东西总归是没法抵抗，就算是我。

“早听说你们学校食堂很不错了，一起去吃点东西吧。”把棉花糖递给我后他的手空落了下来，有些局促地重复了几次插兜的动作又拿出来，无从摆放。

“我吃过饭了。”

“那就当带我去见识见识喽。我们学校的食堂啊，又贵又难吃。”

我信步走进学校，眯着眼看指示牌，出门着急忘记了戴眼镜。

跟在我身后的徐桓自顾自地说起话来：“我来帮我姐送东西，顺便就给你打电话了……哎，你下午都考什么？”

走了大概三十分钟后，在徐桓已经从大学开始倒叙讲到他初中的事情时，食堂的轮廓依旧迟迟没有出现，而学校大门已经第四五六七八次地出现时，他有些迟疑：“颂漪……咱们不会是，迷路了吧？”

“我……是路痴。”

3.谎言家

在这个世界上，可以铺天盖地的除了垃圾桶外的垃圾，就只有谎言了吧。就像我们总是喜欢在梦里酩酊大醉，喜欢在事后评头论足。

它光鲜亮丽，娇媚动人，使裂缝弥合，使不安沉睡，可以让腥风血雨暂时晴空万里，可以——

让人沉溺其中。

谎言早已成为生活中最重要的一部分。

毕竟，无趣的真实，总会让人辛苦。

大二前的暑假，徐桓组织了一次初中同学聚会。微信震动了起来，他的声音在耳边响起——

“明天，我会给你一个和我在一起的理由。”

他的声音，似乎比我刚注意到他时好听了些。

其实已经不需要什么理由。这大半年里，他来学校找过我两次，一起去游乐园五次，去电影院三十次，逛街三十一次，吃饭九十八次，玫瑰九十九朵。

以及，坚忍不拔地表白九次。

我当然拒绝了他。

就算他会在我和我妈我爸的生日时分别准备礼物，就算他可以来我的家里给我打扫房间，就算他会带团仔去宠物店洗澡，就算他可以做好饭送给我，就算我已经有了那么一点儿想要掏心掏肺的征兆。

我看着镜子里的自己，红润的脸蛋早就不需要腮红的妆点。给团仔准备好了水和猫粮，我拎起包出门赴会。走出富有年代感的阴暗楼门，刺目的阳光像是来自另一个世界，晃得我眯了眼。

冬天积攒了再厚实的雪，也会被夏天的太阳融化吧。

这一次我不想要他的表白了，我想和他在一起，也许是因为他第二十次出现在了我的梦里。尽管我还没有做好准备把我的生活和他融为一体，还没有做好准备和他亲密无间。

只是想，试一次。

到达约好的自助餐厅时，徐桓还没到。三五个初中的女生正聚在一起，热情地打过招呼后，她们开始叽叽喳喳地问起关于我们学校表演系帅哥的话题。平时最热衷于和朋友们分享生活的我随便扯了一些故事和人应付她们，我的注意力全部集中在了餐厅入口。

可惜以往总是早到的徐桓这一次却迟迟没有出现。

“颂漪，你怎么不吃东西呀？”

被招呼的我收回了视线，勉强笑了笑：“在吃着呢。”

静如止水的手机屏幕上只是我孤单单的两句“在哪呢”“怎么还不到”。期待的情绪退却后，我有些焦虑。他不会是在来的路上出了什么状况吧，比如车祸，再比如抢劫。

就在我胡思乱想的当口，徐桓在同学的一片起哄嘘声中抱着一捧玫瑰走了进来。

笑容在我反应过来前就摆出了弧度，我的脸腾地红了。在几个女孩儿的推搡中我僵硬着背，站到了徐桓身前。

“你……”

“我……”

“你先说……”

“我先说！”

韩剧里的烂俗的情节此刻似乎也是点燃我脸上升腾温度的助手，我觉得自己好像发烧了。

“仇颂漪……”

虽然我很想这一次在他之前表白，但这种阵仗，我怎么张得开口？我把视线固定在了他的鞋上，这不是他第一次表白，但我第一次听见了自己心脏不受控制跳动的声音。

“仇颂漪，我全都知道了。”他的声音是那样沉稳。

“我……你说什么？”我愣了愣，抬头看他。

“我知道你不是什么戏剧学院的学生，知道你爸根本不在教委工作——”他一字一句，在我耳旁炸了开来，“知道你不是从市一中毕业，还知道你职高毕业后就去商场做前台了。”

周围同学发出惊呼和倒抽凉气声，直视着我和徐桓，还有他怀里那束满是嘲讽的玫瑰。时间在那一刻静止下来，暴露在空气中的皮肤被激起了一层鸡皮疙瘩，刚刚还让我脸热心跳的情绪像一池溅入污秽脏掉的养鱼水，没那么快褪去，却死了鱼。

一切还可以更糟一些吗？

这些是我打算再过一段时间以后，一点一滴和他分享的事情，从他嘴里吐出时，却让我无比陌生。

我不知道自己该作何反应，也不知道自己是一个什么样的表情。我保持看着徐桓的动作，甚至没有勇气歪头去看一下周围同学的脸。

他在报复我，意识在那一刻回归清醒。

他从不曾真正喜欢过我，他时常略显奇怪的探寻言行也在此刻得到完美解答。他伪装成喜欢我的样子，不过是为了报复那些年有着真正天之骄子傲气时的我对他的忽视。

“我早就知道这一切，因为我爸爸是教委的，而我是市一中的。”徐桓那样冷漠地看着我，不带丝毫感情，“我只是一直不明白，为什么，你为什么要这么做？”

“天哪……”

“仇颂漪你也太不要脸了，嘴里有一句实话吗？”

“就是呀，骗了我们这么多年，太可怕了。”

她们大声的谴责一字不落传入我耳中，带着字面上的恶意，像一堆被扔在破旧家里的垃圾。破旧的家难道就不是家吗，就活该被当作垃圾堆吗？

我想起电影院里的清洁大妈，她看我的眼神。

“你撒谎！污蔑我这么有意思吗？”猛地推开了簇拥在我周围推搡指责的人，我再一次落荒而逃，像一只老鼠。

4.蓝胡子的钥匙

追出来的徐桓在几条街外拉住了我。

“仇颂漪，你以为我是为了羞辱你吗？”他怀里的玫瑰因为剧烈奔跑而有些七零八落，“我只是想让你认清现实！我只是想告诉你，就算我知道一切，知道你真实的样子，我一样喜欢你！”

“初三时我向你表白，你是怎么拒绝我的，还记得吗？”徐桓气喘吁吁地扳住了我的肩膀，眼睛里闪烁着的晶莹，是眼泪？

“你说，给我一个和你在一起的理由，你了解我吗？”

“我试着去了解你，你有那么多朋友，我向她们询问你，却发现她们对你的全部了解，也只是和我一样多。所有人了解的你，都是你自己口中的形容。”

他唾沫横飞，舌灿莲花，说得自己都被深情感动了：“我知道你这样是因为曾经的优秀和现在的落差，我也知道你一次次拒绝我是怕被我了解到真相。可是长久以来，活得这么孤独，难道不累吗？颂漪，我不介意你真实的一切，我喜欢你。”

额头上滴下来的黏腻汗珠让我从茫然丢脸中冷静下来，不自觉地感叹，徐桓真是有能力把生活里的每一幕都变成韩剧。

反手握住了他紧扶着我肩膀的手，我有些虚弱地半倚在他身上：“谢谢你。”

徐桓叹了口气：“你明知道我想听的不是‘谢谢你’。”

“送我回家吧。”

回家的的士上，喝了些凉汽水又剧烈奔跑导致我的胃翻江倒海地疼了起来。徐桓握着我的手，也急了一头汗。他让司机把车停在了药店门口，匆匆进去买了几包冲剂。

自从少了隔壁那只狂吠不停的小狗，整个楼道都显得异常安静。

团仔懒洋洋地躺在窗台晒太阳，徐桓在逼仄的厨房里手忙脚乱地烧开水，沏冲剂，一切都是动人的颜色。我蜷缩在沙发的角落，看着只露出半个背影的徐桓，从桌子上拿起了他的手机。

——各位，刚刚陪仇颂漪一起排练了一下她们的期末作业。被骗了的请客吃饭！

全选，发送。

不过十几秒，陆陆续续收到了各种类似“怎么可能会被骗”“当时就看出来啦”“太过分了，喂，竟然拿我们当试验品”的回复。

现在的问题，就只剩下他了。

“颂漪，趁热把药喝了吧。”端着一杯深褐色液体的徐桓走了出来。

我迅速把手机藏在了身后，重新蜷缩了起来。

“谢谢你。”

徐桓坐到我身边，拥住了我的肩膀：“不要谢我，也不要再拒绝我了。”

我垂头不出声，随手拿过桌子下面的薄荷糖，剥开递给了他一颗。放到嘴里，吞咽。他蹙了眉：“味道怎么怪怪的？这是薄荷糖？”

我笑起来：“嗯，可能因为不知道过期多久了。”

“颂漪，你……”愕然之后他不再纠结，转而看向我，“你不会怪我吧，用这种方式说出你的事儿？我真的是不想再看着你每天在谎言里寻找快感，却对现实、对我视而不见……”

“怎么会？”我打断了他，“我知道你是好意，我还想谢谢你。”

他猛地拉住了我的手，惊喜异常。

直到下一秒，手机简洁欢快的短信铃声在我身后响了起来。

他疑惑地从我僵直的身后拿过自己的手机，盯着屏幕神色瞬变："你以为，这些相信你谎言的人，就是你该守护的朋友吗？你以为，她们如果得知了真相……"

"我讲述的事情，就是真相。你的不知所云，永远不会是她们知道的真相！"我一把从他手中抢过手机，不让他再次发短信揭穿我，并站了起来，把整张沙发留给他，"每个人都会说谎。说谎、欺骗，是人这个物种的本能。"

"别傻了！你以为她们在乎真相，在乎你吗？这种根本不曾一丝一毫在意你的人，才会相信你的谎言这么多年！最可笑的是，你却用你的人生编织谎言来哄骗这些人。"他试图站起来抢夺，却腿一软坐在了沙发上，"你……对我做了什么？"

"我还什么都没对你做呢，不过是你自己吃了几片被装在薄荷袋里的安眠药而已。或许，等你醒来就知道了。又或许，你永远都不会知道了。"

"为什么？"意外地从他语气中并未听见太多惊慌，我甚至以为他的腿软无力都是装出来的。

"为什么？这句话应该是我来问你吧。我活在现实里还是活在谎言里跟你有什么关系？！为什么要对我的生活刨根究底，为什么要捅破我费尽心思糊的这一层华丽纸壳？你以为自己是福尔摩斯，聪明过人，还是觉得自己是菩萨转世，普度众生！"

谁不想自己的生活像韩剧一样精彩浪漫，层峦叠起？就算他有着一张普通到可以去做间谍的脸，一张注定做不了男主角的脸。

"仇颂漪，我……"他话还没说完，就睡了过去。

团仔跳到他的身上"喵"了一声。我轻轻攥紧冰冷的拳头，心里裂开的缝隙里，像是渗进了腐蚀性的强酸液体。

你的好奇，来自于喜欢还是报复，我都已经无所谓了。

无论是你的好奇，还是我的谎言。

都让我们变成老鼠一样存在的人类。

潘多拉的盒子在打开前不过是个神赐之物，蓝胡子的钥匙在最初的最初也不曾染过血迹。

生命在假象中熠熠生辉。

这样我们才不会注意到，它的另一个名字，叫作徒劳。

幻 灭

▶▶| 文 / 钱源

许薇

许薇坐在副驾驶的位子上，不敢去看身边的唐志军沉郁的脸色。半小时前，她听到唐志军接了一个电话，声音突地由低转高，带着急促与颤抖。紧接着，他慌慌张张地冲出办公室，连手机摔在地上都没留意。许薇还有些发愣，唐志军却又恍过神来般折了回来，安排她去银行提了一笔巨款。

许薇不敢多问，她甚至不能去瞥一眼那个装满了钞票的黑箱子，仿佛那是定时炸弹。她甚至听得到嘀嗒声。她就是这么不安，不明所以地不安，像天边逐渐堆起云来一般阴沉。她隐约抓住了什么似的，却又像隔着迷雾猜不透。

唐志军虽看起来急迫，却还是把她载到了小区门口。许薇没有说话，她只是拍了拍唐志军握紧方向盘、骨节发白的手指。在一起两年，没有爱情也有亲情。许薇沉重地走下车，关门的瞬间，她瞥见唐志军微微泛白的鬓发，心里涌起莫名的苍凉。

目送着唐志军远去，许薇一步步朝小区里走去。天色微暗，路灯还没亮起来，她只觉得心中无比酸涩。她无法自制地在想念一个人，可是她知道那不可能。自从她转过身走上了这么一条背道而驰的路，就再也没法回头了。

风呜呜地刮起来，看样子是要下大雨了。许薇快步穿过林荫小道，绕过拐角的瞬间，她瞥见一个极为熟悉的身影，静静地伫立在斜前方。她倏地停了下来，嘴唇抖动着，难以置信，但还是叫出了那个名字。

“凉生……”

那个影子转过身来，许薇浑身的血液都要凝固了。她想都没想就冲了过去。凉生，凉生，许薇低声呢喃着，抬起眼去望那张日思夜想的脸庞。只是下一秒，她嗅到一阵诡异的刺鼻气味，没来得及开口，眼前一黑。

远远的天边，灰黑色的云层越积越厚，藏着汹涌的气势，铺天盖地散布开来。隐隐有雷声轰鸣而过，唐志军坐在车里，轻声叫着“小影”，义无反顾地驶进远方那片黑暗里。

唐影

大雨倾盆而下。

唐影踩着一裤脚泥浆急匆匆地冲进了门，顺手把门一掩，打开灯片刻不停就奔进了卫生间。沾在长发上的雨珠跟着她的动作滴落下来，混着泥水淌了一地。

唐影一边懊恼地脱掉湿透的衬衫，一边庆幸自己突发神经地离开酒吧决定回家。夏天的雨说来就来，迅猛得不给人反应的余地。她扯了条毛巾揉了揉头发，盯着地上的污渍皱了皱眉。

“去吧，我来收拾。”母亲袁淑梅走了进来，她的眼眶还微微泛红。唐影眨了眨眼，没有回话，一声不响地擦过袁淑梅的肩，朝卧室的方向走去。

唐影记不清已有多久没和袁淑梅好好说过一次话了，和唐志军也是。她不太肯定这是不是自己某种顽固的、无声的抗议，连同自己蓄意的穿着打扮、悄无声息的言行变化一起，成为挡在外面的一层厚厚的屏障。

起因很简单，甚至于狗血。父亲找了小三，父母要离婚。

尽管她不太想回忆，但唐影记得她第一次撞见父母起争执也是在这样一个雨天。在此之前，唐影一直过着再平凡不过的生活了：按部就班地学习；袁淑梅唠叨却也关爱，唐志军严厉却也宠溺。唐志军常应酬晚归，袁淑梅偶尔抱怨几句，唐志军也总是笑呵呵地应着，从来掀不起大波浪。

唐影甚至丝毫没有察觉到，平衡是何时被打破的。她习以为常地享受着与父母别扭撒娇的互动，一时兴起还会舰着脸要袁淑梅拥抱、要唐志军背。直到那么一天，晚自习结束时暴雨突至，她在学校等得心急如焚，人都走光了也不见父母送伞来，一气之下冒着暴雨冲回家。一身黏腻地站在家门口，满心的委屈化成眼底的微红，唐影撇着嘴咬着牙正要按响门铃，却听见屋里传来瓷碗被摔在地上破碎的清脆声音。

“唐志军，我都看穿了，你别不承认！”袁淑梅的声音前所未有地刺耳。

“说了是下属帮忙，你怎么就不信？”

“帮忙？帮忙需要挽着你转专柜？帮忙需要你给她刷卡付账、拎着大包小包的名牌？唐志军你别想蒙我！”

“……随你怎么说。”

“随我？好，好，好，”袁淑梅咬牙切齿道，“有钱了就有能耐了是吧！唐志军，你别忘了谁跟你过了那么多苦日子没吱一声！现在糟糠之妻你嫌弃了，是吧！过河拆桥了，是吧！”

唐影就在这时僵着脸打开了门。房间里的两个人都是惊得一怔，见她走进来，面色都无比尴尬。唐影没有理会唐志军乞求般地叫她小影，径直地、面无表情地快步走进房间，砰地带上门。

她身上湿漉漉的，却比不上心里涌起的滔天波浪，就像溺水的人一样浸泡在一片冰冷的水里快要窒息。她哆哆嗦嗦地摸出纸巾一下一下揩着自己的脸颊、手臂，皮肤都擦红了。

“……唐志军，今天晚上你不给我交代清楚就别……”停歇了几秒，战火又起，唐影用力地打开电脑，把音量开到最大，嘈杂的音乐声顿时屏蔽了喋喋不休的争吵声。她把自己裹在被子里，眼泪却是止不住地往下流。

突如其来的转折总有力量把人打蒙，就像此时此刻的晴天霹雳、雷声隆隆。回过神来的唐影望了望窗外。

袁淑梅

袁淑梅拉紧窗户，颓唐地坐在床上。女儿唐影依旧像往常一样把自己锁在卧室里不再出来。家里安安静静的，屋里没有开灯，间或晃过的闪电足以照出她脸上的苍白。房间里整整齐齐，行李都收拾好了堆在床前。袁淑梅摩挲着手中卷了边的结婚照，本来她是一脸庄重地把它连着结婚证一起封在玻璃相框里的，吵架的时候摔碎了，她趁着唐志军离家以后，又戴着橡胶手套小心翼翼地把照片从一堆玻璃碎碴里拈了出来。她的手没被扎着，可是她的心像被针扎一样抽搐着。

袁淑梅不明白，事情怎么就到了这一步呢？

她还记得刚嫁给唐志军的时候，两个人都还是愣头青，家里没什么积蓄，草草领了证，通知了些走得近的亲戚朋友就罢了。那时候他们凭着微薄的薪水，住在一间租来的十几平方米的小屋里，也没布置，贴了几个喜字了事。装着结婚证的玻璃相框，还是她咬了咬牙下狠心买回来的。

小屋里有一片隔出来的、狭窄的、可以称为厨房的地方。袁淑梅每天缩着身子在里面做菜，被油烟呛得咳个不停。屋里没有厕所，楼里每层有一个公共的洗漱间。没有热水，水龙头是破损的，地上也是湿漉漉的，浸满了各种颜色的水渍，异味四溢。即使那样，袁淑梅都撑下来了。家里其实并不支持，可她硬是自己做了主。她爱这个男人，几年的磕磕绊绊、点点滴滴沉淀下来，她相信自己没有看错人。

特别是当她怀了孕，唐志军这个大男人看着她挺着大肚子艰难地在狭小的空间里挪动，眼眶都红了。他握着袁淑梅的手哽咽着说："梅子，我一定要让你跟孩子过上好日子。"袁淑梅记得那时唐志军眼睛里亮亮的，不知道是希望还是泪光。

然后，唐志军就顺着大潮毅然辞了"铁饭碗"，下了海，袁淑梅觉得那大概是家里最艰难的一段时间了。唐志军总是回家很晚，她一个人也睡不踏实，迷迷糊糊的，时梦时醒，总觉得听到钥匙在锁孔里转动的声音。唐志军常带着呛人的烟味走到床边，轻轻摸摸她的肚子，一下又一下，柔和得很，然后才去洗漱，和衣打地铺睡过去。

袁淑梅心疼，她看着唐志军日渐消瘦的脸庞，就恨不得把所有有营养的东西全塞进他嘴里。为了不让唐志军操心家里，她闭口不谈房东几次上门讨要房租被她笑脸逢迎讨价还价挡了回去，也不谈夜里一个人担惊受怕总要检查几遍门窗铁锁才罢休。生生挨过这些日子，终于在女儿一岁时，他们搬进了新家。

搬家的那天，袁淑梅抱着熟睡的女儿，轻轻抚着新家锃亮的大门。推开门走进去，不再狭小，窗明几净，空气干净得让人想流泪。袁淑梅侧过脸，把头深深埋在唐志军的臂膀里。

苦尽甘来。

可真的是甘来吗？

许薇

许薇知道，自己应该是在做梦。因为她闻到了只有凉生身上才有的味道。那是大学的时候了，凉生骑自行车载她，凉生的白衬衫被风撑得鼓鼓的，散发着洗衣粉的淡淡清香。她靠在凉生的背后，就像靠在整个世界上。

许薇不想醒来，她紧紧地揪着梦中凉生的衣角不敢松手，生怕放开就是一片虚空。是有多久了呢，许薇惆怅地想。时间一长，连许薇自己都不清楚了，她和凉生分手，到底是为了帮助凉生，还是为了让自己过上更好的生活？要知道，许薇和乔凉生，可是大学里的模范情侣呢。

那时他们的感情好得令周围人每每提起，都要做鸡皮疙瘩掉一地状，许薇现在想起来，都忍不住微笑。乔凉生是她冬天的暖手炉，夏天的冰激凌。上课补觉不必担心挂科，因为有一个人会在身边守着她仔细地画重点，偏偏人前却又喜欢板着脸拿笔敲她的脑袋骂她懒猪。她气得跳脚，对方却又能瞬间捧出她最爱吃的棉花糖，眼神湿漉漉地望着她，看得她满心柔软，抿嘴微笑。

毕业后他们仍在一起，坚定地发誓要撑过碌碌蚁族的共苦以求同甘。那时凉生初出茅庐处处碰壁，而已经在唐志军的公司里找到了工作的许薇，作为职场新人也历经打压，更懂初生牛犊的苦痛，却也是忍着，渴望从最底层挣扎着向上爬。

可当许薇拖着疲惫的身躯回到小小的出租屋里，瞥见凉生温和的笑脸、桌上模糊的烛光，还有他手心里那一枚小小的银戒，她突然说不出话了。她一边听着凉生喃喃地说“薇薇，以后我要给你换真的”，一边摩挲着她无名指上略微粗糙的凸起，满眼都是雾气。就是他了吧，许薇对自己说，就是他了。

回忆有多美好，现实就有多残酷。

许薇曾在很长一段时间里，不敢面对曾经那么坚定的自我。她什么都不敢想，也什么都不敢说，生怕只是动动念头，以前的那个自己就会从心底跳出来讥讽地指着自己的鼻子大骂一通。

甚至有一天，唐志军载着她经过以前那个出租屋，她缩在座位上一动不动，眼睛直勾勾地盯着前头的路，连唐志军三番五次的呼唤声也没听到。直到那街景在视线范围内再也不会出现，许薇僵直的身子才松弛下来，手心里满是涔涔的冷汗。

那是洪水猛兽。她哽着嗓子，不敢发出一丝呜咽。

唐影

唐影后来见过那个女人。

那天她是逃课跑出来的，那时候她已经习以为常了。她拒绝跟唐志军交流，拒绝袁淑梅的关心，冷眼看着唐志军一次又一次在她身上灰心、碰壁都快麻木了。唐影不清楚自己在做什么，她只是觉得心里有什么东西在疯狂生长，如果不做点什么，那些东西就一定会吞没她。

人的蜕变总是需要某些突如其来的转折点。她在街上漫无目的地乱逛着，哪里都是方向，可她不知道该往哪儿走。站在十字路口发愣了几秒，唐影突然就瞥见对面的唐志军脸色微醺地靠在一个女人身上。她的心脏突然就停了。

那个女人二十五岁左右，年轻漂亮，还有种职场人的干练。她和唐志军小心翼翼地互相搀扶依偎地走过来，并没有注意到迅速蹲下躲在广告牌后的唐影。唐影纹丝不动地目送着两人渐渐走远才站起身来，视野有些迷蒙摇晃。

唐影恍惚想着，唐志军究竟是为什么会这么做呢？喜新厌旧，握的筹码大了，眼界便高了，想要的东西就更多了吗？这大概是所有人的劣根性吧。还好那个时候她已经认识了乔，还好她还有可以抓得住的、可以信任的东西。

乔是唐影在聊天室偶然遇见的。

那刚好是她捅破父母和谐面目下早已残破的真相之后。她把自己关在房间里，在聊天室里发泄似的不断刷屏。聊得热火朝天的人自然被扰得破口大骂，她仍旧不管不顾地继续敲着回车键。

乔在这时给她发了私信。乔轻轻地、小心地问："你还好吧？"

唐影停在回车键上的指尖突然就抖了起来，随后那感觉像电流一样传遍全身。

——不好。我很不好。

你能听得到吗？

乔为她在黑暗里开了一扇天窗，打开话匣子的唐影把林林总总的烦心事一股脑全都倒给了乔。她甚至来不及冷静思索这样做的后果，乔出现的时间太恰到好处。所幸乔是善意的、温情的，他总是耐着性子听完唐影漫无边际、没头没脑的控诉，然后像给小猫顺毛一样轻轻地说："小影乖，还有我。"

唐影也有情绪稳定的时候，他们会像老朋友一样谈笑。乔很贴心，他总是能让唐影一边微笑一边心里暖烘烘的。唐影甚至有一种乔就在身边的错觉，有时候当她带着乔的叮嘱穿得暖暖的走过大街小巷停在十字路口，深夜的黑暗里似乎传来乔的声音，他说："乖女孩，我们回家。"

如果没有乔，就没有后来保全下来的唐影。

唐影又一次习惯性地打开了电脑，登录了QQ，可是乔的头像是暗着的。唐影有些不满地撇了撇嘴，往常这个时候乔都是在等着她的，她甚至都做好了因为坦白去酒吧的事被乔责怪的准备。更何况，明天是她的成人礼。

唐影想起几天前与乔的对话。父母已经办好离婚手续，母亲也已经准备离开了。尽管早就窥见结果，唐影还是忍不住憋闷。乔就对她说："乖小影，就算他们分开了也依然爱你。"

"谁说的？"

"你不相信？"

"……那个男人已经很少回家了。"

"那不如我们试试看吧。"

"……什么？"

"到底在你父亲心中谁更重要，你，还是那个小三？交给我吧。你只需配合我一下。相信我，会有惊喜的。"

笨蛋乔。唐影笑吟吟地想着。她终究没能忍住心底那份不甘，便答应了配合。不知道乔这时是否在为她准备这个成人的惊喜呢。那么好吧，12点之前出现就饶了你。唐影的心情愉悦起来，不再去看乔灰暗的头像。

袁淑梅

袁淑梅记得，曾经有人对她说过，这男人哪，清贫的时候怎么都好，一有了钱，心就大了，野了，管不住了。末了，试探性地问她：“你觉得，你们家老唐……”这时候袁淑梅就软软地笑笑：“他不会的，总归是在一起那么些年的人。”

到如今再想起当年妄言，袁淑梅不知道自己该是什么表情。

起初，她的确是笃定的，所以她能心无旁骛地在家照看孩子。唐志军早出晚归、满身酒气她也不曾起疑，还总心疼地从旁劝道：“喝那么些做什么，家里现在已经很好了，不用那么拼。”可唐志军总是笑着摆手叫她别担心，她也就只能罢口不提。

有时午夜梦回，枕边无人，袁淑梅的心里总是没着没落的，又开始痛恨自己，不该放唐志军在外竭力打拼。

生活越来越好，流言蜚语却也一路形影相随。今天有人神神秘秘地向她透露可靠消息，后天又有人小心翼翼地向她打探个中原委，满脸八卦之相。袁淑梅总是告诫自己别在意，事实上她也总是风轻云淡地一笑了之。只是有时，当她望向镜子里那历经窘迫折磨有些苍老、不复娇美的容貌，心里还是止不住地怅惘。

她本不疑虑，只是唐志军一如既往地晚归，却像堆积起来的砝码。她看似无心的抱怨，一天比一天沉重。

然而最直接的，还是现实。

袁淑梅最初以为自己是看花了眼，她甚至想都没想就要转身离开的。只是鬼使神差地，她还是停了下来，踮着脚小心翼翼地仔细张望过去。穿越汹涌的人流，那个片刻击中她、令她脚步迟疑的脸庞，正是唐志军的。唐志军身旁的可人儿她不认得，只不过那么年轻，就足以让她浑身无力，原形毕露。

袁淑梅不知道自己是怎么回到家的。她似乎明白这一天总要来的，面上淡淡的却不显。她甚至怀着微茫希望地、期盼地问起了唐志军，试探地问他那时在做什么。袁淑梅不知道自己想要什么样的答案，但当她听到唐志军轻描淡写地岔开话题，她突然觉得自己长久的隐忍是在做徒劳的挣扎。她恍恍惚惚地看着眼前这个在一起生活多年的男人，那一刻就像在看一个陌生人。

千里之堤溃于此。

后来不知有多少人劝她，别闹，别吵，别把男人往外推。

袁淑梅不置可否，除了关心女儿，她身心俱疲。

散就散了吧，袁淑梅想着。跟唐志军一起最后给唐影过了明天的18岁生日，她就要离开这里了。唐影判给了唐志军，最后她什么也没留下。

窗外的雨越下越大，哗哗的厚重雨声冲刷着袁淑梅的心。她望着窗外的暴风雨，手却是下意识地又去摸索口袋里那张结婚照，心里突然变得沉甸甸的。

许薇

许薇终究还是醒了过来，她的梦被凄厉的尖叫声打断。她迷迷糊糊地听到有人在喊“爸——救命——快来救我——”，登时一身冷汗恍过神来。那个声音她认得，是唐志军的女儿，唐影。

恢复思考能力后的许薇这才注意到自己所处环境的诡异。黑漆漆的，似乎是仓库的角落。自己被绑在一根水管上，绳子很粗，系的似乎是死结，嘴上还封着胶带。许薇全力挣扎了几下，却发现绳子纹丝不动。

挣扎中她寻向方才尖叫声的来源地，隐约瞥见斜后方有昏暗灯光，幢幢人影，不由得激动起来，更加拼命地扭动着身子，朝那个方向转去。许薇记得昏迷前她看见了凉生，可她又怎么会在这样一个地方醒来?

寂静的仓库里，除去窗外啪嗒作响的雨声，竟是连人的呼吸声都能捕捉得到。许薇清楚地听到了一个人的冷笑声，她突然停住不动了。那是凉生的声音，她绝对不会记错的。

“我可没绑架她，唐老板，”许薇听见凉生开了口，“听到了吗，这就是你心心念念最疼爱的女儿。多有意思呀，她居然那么相信我，帮我顺利实施了这个计划。

“没想到骗你来，比我想象中要简单得多。关心则乱，是吧。”

另一个人缄默半天，低低地开口道：“你到底想做什么，要钱？”

许薇闭上了眼睛。她的后背不断地渗出涔涔冷汗。不用问了，不用问了。另一个声音是唐志军的。许薇扯了扯嘴角，她终于知道那个让唐志军无比慌乱的电话是谁打来的了，知道为什么唐志军会急急忙忙地去提一笔巨款却丝毫不透露这么做的缘由。

凉生，你真是好样的。许薇只觉得眼角干涩，她大概能猜到，凉生应当是通过什么方式佯装绑架唐影骗来了毫无防备的唐志军。凉生，你是恨我的吧？是恨我们的吧？

凉生毕业后一直和几个朋友努力地创业，许薇不想挫伤他的积极性，只有默默地表示了关心与支持。新兴的事业固然不顺，起初还能自我调节，后来脸色越发抑郁。正赶上许薇试用期的低谷，两人终于在现实的挤压下开始吵架。许薇有时会躲在厕所里偷偷地哭，哭够了，发泄够了，心情平复了，却也更迷茫了。

现实，总要给理想响亮的一耳光。

等到许薇稳定下来，成了唐志军的秘书，好不容易松了口气，凉生却又需要一大笔启动资金。他东拼西借，勉强凑个零头。许薇劝凉生放弃，凉生不愿意妥协。棱角没被磨平，总要撞到头破血流才肯收手。凉生带着满身的债务回了家，许薇却不知该如何开口。

那一晚她陪同唐志军出席酒宴，席上客人无一不带着年轻漂亮的姑娘。有人促狭地试探起她与唐志军的关系，眼神暧昧，看得许薇只得低了头。酒宴结束，唐志军送她回家，末了在她脖子上扣上一条钻石项链：“你若不想，退给我。”

许薇默默地望着逐渐远去的车子，心里却想起了凉生身上沉甸甸的负担。

次日她便去转手卖了项链，钱留给了凉生，然后离开了那间小小的出租屋。

后来凉生给她打过很多个电话，她不敢接；去公司里找她，她已换到了另一区，不用躲也不会遇见。许薇把唐志军给自己的钱全都偷偷打到了凉生的卡上，几经周折打听他的现状，听闻安稳才能松口气。尽管这么做的时候，她的内心一片荒凉。

没有人不向往物质。那晚项链的光芒的确很耀眼，刺得许薇眼睛发痛，不愿再想。

凉生又开始笑了，许薇听在耳中，心里冰凉。她听到黑皮箱着地时发出的沉重的撞击声，如同唐志军低低的闷哼声，像是命运交响曲的前章，毫不留情地敲击在她心头。

她突然笑了，眼泪却也跟着簌簌地往下落。

她错了吗？

唐影

房间里的时钟嘀嗒嘀嗒，指针已偏向了11点。窗外的雨依旧在下，却小了不少，淅淅沥沥的，在黑夜的包裹中显得温柔了许多。唐影托着腮，有些不耐烦地又刷新了一下桌面，这时，咚咚咚的声音响起。乔上线了。

你可真是让我好等。唐影想着，点开了对话框，发去一个委屈的表情。“你怎么才来？”

乔比平时回得迟缓了些。唐影只见对方不停地显示正在输入，良久回过来一句：“我在为你准备惊喜。”

是什么？唐影有些忐忑地期待起来。她老早就期望乔给自己的成人礼是不一样的，好让她确定乔对自己也是不一样的。

片刻，对方发来了视频请求。唐影歪着头想了想，选择了接受。

画面稍稍有些模糊，灯光也有些昏暗。乔就坐在摄像头前，冲着镜头温和地微微一笑，身上的白衬衫衬得他越发沉静。唐影紧紧地盯着眼都不眨，嘴角却是忍不住地往上弯。我的乔还是个很有仙气的美大叔呢，她刚想开口，镜头却是一转，对准了一旁一个侧着脸昏睡着的女人。

唐影揉了揉眼睛，腾地站了起来。这个女人她见过的，就是她。

“小影，你知道她是谁吗？”乔的声音从电波中震荡开来，渗着隐隐的阴冷，“她是我以前的女朋友。”

“我们在一起那么多年，我尽自己的能力去爱她、去疼她，结果她还是背叛了我。”

“她攀上的那个男人，就是你爸爸呀，小影。”

唐影只觉得自己的喉咙很痛，生生只憋出一个字：“乔……”

“小影，你爸爸真的很爱你呢。我把那段录音放给他听，他甚至没有想到应该找你核实就急匆匆筹了钱来找我。你说，当他知道这一切是骗局的时候，该有多讽刺。”

那个女人还在，那么，唐志军呢？唐影心中一紧，连她自己都没察觉到声音里流露出乞求：“乔，这到底是……”问出口她就后悔了。她异常地不安，她甚至不想去听乔的答案。

“我等这一天，已经很久了。”乔轻轻抚过昏睡中女人的脸庞，“打我认识你的那一天起。唐影，真的谢谢你。”

“现在，我要给自己一个交代了。哦，当然，还有给你。”

不，不，不。唐影脑中警铃大作，她还没来得及尖叫出声，视频就此中断。她分明看见了乔的手边有什么锋利的白光一晃而过，还有他擦着脸颊而过的指尖隐隐残余的血迹。唐影浑身开始发抖，甚至站不住了。这不是真的，这不是真的，她疯狂地默念着，却压不住自己喉咙里发出的嘶哑的低吼。

乔凉生

他是许薇的凉生，也是唐影的乔。

他端详着许薇昏死过去的容颜。分裂的自我今天终于融为一体，结束了他长久以来找不到自己是谁的浑噩与痛苦。

他想起许薇对他说的最后一句话，她几乎是解脱地对他笑的。

其实他很早就不知道恨是什么感觉了，更确切地说，他很早之前就失去了作为正常人该有的情感。许薇离开之后他活得没有灵魂，尤其是在发现莫名其妙多出来的收入来自许薇的馈赠时，他狠狠地把银行卡摔下楼。坐了半晌，又匆匆奔下去流着泪捡了回来。

复仇似乎也是没多大意义的，他现在依然觉得很空，空得需要燃烧点什么。周围地面上的汽油慢慢地在挥发，就像他的生命不断在枯萎一样。

他摁开打火机，那么一小朵火花不断地跳着，让他想起了唐影的笑脸。唐影是他生命里最后一缕光，作为乔的最后一缕光。只是这光，是最初的罪恶衍生出的光。

“我们都该下地狱。”他咕哝着，扔开了打火机。

终章

唐影不知道自己是怎么从房间里走出来的。可能是听到了12点的时钟报鸣声，也可能是袁淑梅来回急躁的踱步引着没有方向的她慢慢地挪了出来。袁淑梅看见她，忍不住歉意地一笑，脸上却是掩不住的焦急。

“小影，本来想……和你爸一起给你个惊喜的。来，你先听着，我去联系你爸。”她拧开了一旁的收音机，然后快步走开，自言自语道：“奇怪，说好了的，这么晚了还不回来，手机怎么也关机呢？”

妈，他不会回来了。唐影浑浑噩噩地想，动了动嘴没有出声，只是僵硬地坐着，听着收音机里缓缓流淌出轻快的生日快乐歌。主持人轻柔的声音在寂静的雨夜里格外动听：“这会儿零点点歌的是一位叫唐志军的父亲，他想点一首《生日快乐》给自己的女儿唐影，希望唐影能从他犯下的罪过的阴影里走出来，快乐地成长。这位父亲还想说，小影，爸爸一直爱你……”

唐影的大脑里一片空白，无数人匆匆掠过。有袁淑梅低声的啜泣，有许薇年轻的笑脸，有乔凉生阴冷的设计，有唐志军已经模糊的面孔。她恍惚觉得这世界空荡荡的，只剩下她一个人。窗外无边无际的浓厚的黑暗，翻滚着、呼啸着，一并涌上前来，吞没了她全部的视听呼吸。

窗外一片寂然，轰鸣了一夜的大雨，突然停了。

PART 2

清歌一曲月如霜

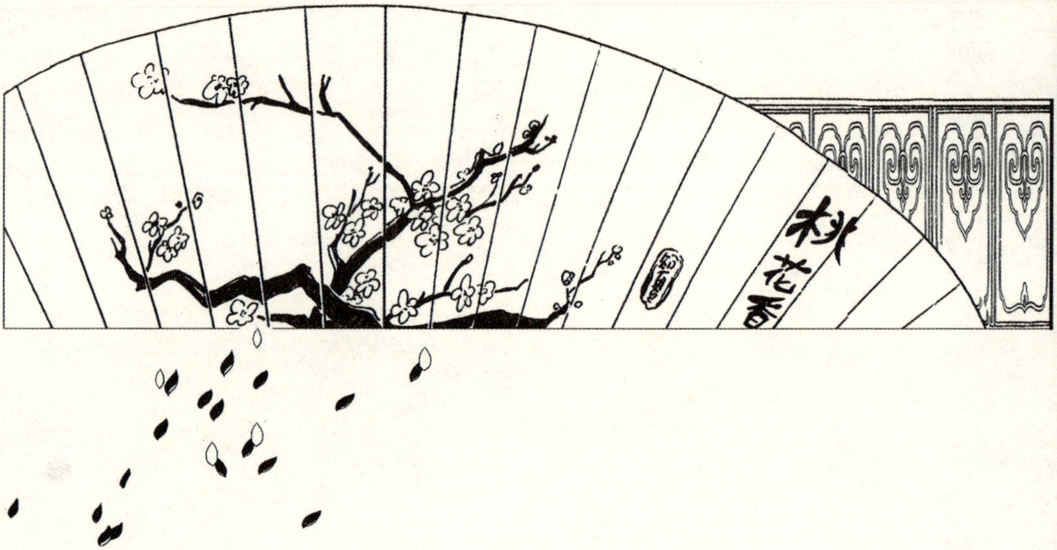
桃花香

桃花扇底有春风

——观昆曲《桃花扇》有感

⏭ 文 / 韩雨

羽

羽者，宇也，物藏聚萃宇复之也。

其音圆清急畅，条达畅意。

曾去过曲阜的石门山。在满目的“山尾山头迤翠长”中，有一间小小的草堂静默地立于半山腰处。茅檐长扫静无苔，花木成畦手自栽——一如三百年前它的主人在时一样。

这是孔尚任的故居——孤云草堂。

有人说，就是在这个地方，他构思出了一折折才子佳人的悲欢离合。

《桃花扇》。

“山居多暇，博采遗闻，入之声律，一句一字，抉心呕成。”

孔尚任在《桃花扇小引》中如此写到。

每个人都曾怀念过这样一个时代吧。谁家少年骑马倚斜桥、满楼红袖招，何处玉人手挥五弦、清歌一曲月如霜。多少才子佳人、红妆绿袖，在我们的记忆中言笑晏晏，紫陌红尘拂面来。

令人向往然身不能至。

只有孔尚任把这些消逝的记忆一一记录。挥毫纵横，写尽天下兴衰。

但此地不过方田六七亩、草屋三两间，山不高而水不深，他是如何在这太平盛世的小小山水之间，生生还原出了万里外的山河缭乱与千年前的悲欢离合？

真是难以想象。

也许，只能用一句“物华天宝，人杰地灵”来概括。

无论是在入仕前，还是在罢官后，孔尚任均居于此地。

最初离开时，他还一文不名，《桃花扇》可能只是他脑海里的一个雏形，案上匆忙写下的几段文字，是与旧友把酒言欢时偶然提及的一丝感慨。他归来时，已然天下谁人不识君，素扇染桃花的故事伴着戏子的咿呀唱腔传遍了江南江北，直使洛阳纸贵。

他满怀青云之志离去，他带着失意与荣光归来。

那些于仕途上毁灭他的，也使他留名于青史。

侯方域和李香君对孔尚任而言已是半个多世纪前的历史。而孔尚任与我们之间，也已隔着三百年了。

我们无法了解，我们只能想象。

想象昔日的“吴酒一杯春竹叶，吴娃双舞醉芙蓉”，想象那个“铁马冰河入梦来”的时代。

徵

徵者，祉也，万物大盛蕃祉也。

其音焦烈燥恕，如火烈声。

在《桃花扇》满折的江南燕子呢喃细语中，偏有一声“铁骑突出刀枪鸣”。

史可法。

《桃花扇》四卷，他在最后一卷才出现，而令人见之不忘。

“清君侧，走檄文，雄兵义旗遮路尘。一霎飞渡金陵，直抵凤凰门。朝地宫，谒孝陵，搜黄阁，试白刃。”

他带着满腔壮怀激情在戏文中出现，一声声述出自己的宏图伟业，仿佛马上就能“壮志饥餐胡虏肉，笑谈渴饮匈奴血”，百姓箪食壶浆以迎王师，大明光复指日可待。

已经知道结局的人在舞台下面，沉默地看着他的表演。

当他再次出现时，我们熟悉的史实已经一一发生。

“兵安在，膏锋锷；民安在，填沟壑。”

“江山如故，千村寥落。”

“何日请缨提锐旅，一鞭直渡清河洛？”或许这只不过是一场不可实现的梦而已。但总有人为了最后的一丝光亮燃尽自己的生命，生年不满百而常怀千岁忧。

“你们三千人马，一千迎敌，一千内守，一千外巡。

“上阵不利，守城；

“守城不利，巷战；

“巷战不利，短接；

“短接不利，自尽！”

令人热血沸腾。

而愈是美好的，愈要被摧毁。愈是值得珍重的，愈要看它零落成泥。我们连一个稍微能掩饰一下的理由都找不到，只能归于命运。史可法注定会死，因为时势，因为气节，也是因为命运。

南明终是要亡的，这个朝廷已经存在了太久，燃尽了最初那些值得称道的东西。它要塌了，一个人的力量在这股潮流面前实在太过渺小。

这对我们而言只是一目了然的史实，是无关痛痒的一段记载，对他却是一生为之奋斗的志业。即使他的恩师左光斗已被这个朝廷迫害致死，即使他也知道这个王朝已即将倾覆。

可悲，但不可笑。不是愚忠，只是一点执着。

“一腔热血勤珍重，洒去犹能化碧涛。”

历史上这种人太多了，多到任何一个人都可以列出一堆名字：史可法、袁崇焕、颜真卿、张巡……多到即使我们皓首穷经，也难以一个个列出史书中记载的这些名字，一点点记录下他们的一言一行，把他们复原成一个个有血有肉的人。

历史上这种人太少了，少到只要出现一个这样的人便被史家珍而重之地一笔笔记录下来以警世人；少到经历了五千年，这片土地上那么多的人出生而后死去，我们能够记得的还是只有那么几个名字。

有的人死了，他还活着。

在看《桃花扇》时，也曾有过片刻的出戏。

过去偶翻史书，曾查阅过扬州十日的历史，也曾看过关于史可法的些许记载。记忆中史公死守扬州，兵败被俘，拒不投降而殉国。“可法大呼曰：‘我史督师也！’遂杀之。”尸骨无存。

之后为此专门查阅史书，正史、野史和当事人的记录均极为相似。只有《桃花扇》记载史可法逃至江边，投江而死。

或许只是因为他的“尸骨无存”留给了人们最后一点希望吧。不见尸首，就有一丝活着的可能。而投江，比被清兵“尸裂而死”留给人的希望更大。

“大江南北，遂谓忠烈未死。”

人民在等他回来，解万民于倒悬。

如盼甘霖，如盼雨露。

孔尚任在史可法初出场时，便预言道：“从来壮士无还日，眼看长江下海门。”他是否也期待着会有奇迹出现，会有王师归来？

“遗民泪尽胡尘里，南望王师又一年。”

而王师已殁。

“国存与存亡与亡，巍峨庙貌甚堂堂。

“梅花岭畔遗香在，铁熕何时返故邦？”

商

商者，章也，物成事明也。

其音嘹亮高畅，激越而和。

《桃花扇》中的爱情才刚刚展开，北方的天鹅就硬生生插了进来。翅膀挥舞之间，明朝的华厦摇摇欲坠，忠臣勇士的生命摇摇欲坠，侯李两人的爱情摇摇欲坠。

这本就不是一本仅仅描写爱情的书。

“修身齐家治国平天下”，历代儒者将这句话一代代向下传。在世人眼中，“齐家”只不过是通往“平天下”目标的一个必要过程而已。“醒掌天下权，醉卧美人膝”是无数人的梦想，但没有几个人会为了某个美人放弃“天下权”。儿女情长只会被笑作英雄气短。大丈夫志在四方，何必效小儿女悲啼之态？

“心有猛虎细嗅蔷薇”只是特例。偶有一只猛虎流连于花丛中还可以说是特立独行令人心生喜爱，若是每一只猛虎都愿意老死花酒间，那么这个种族也不配被称为猛虎了。

曾看《左传》中郑太子忽帅师救齐，齐僖公欲以文姜妻之，太子忽以不能让民众认为他兴师动众救援邻国是为了自己的婚事为理由，一句“齐大非偶”硬生生把姻缘斩断。

也曾看《钢铁是怎样炼成的》，不能理解为什么保尔·柯察金与冬妮娅不能在一起。在那时的我看来，在爱情面前一切都可以克服。骑士永远会打败恶龙、斩断荆棘，和公主相守至老。

反正最后，他们都没有走到一起。

与这些相反的一个例子是《悲惨世界》。小时候我一直不懂这部作品到底想要表达什么。它显然不是一部仅仅歌颂爱情的作品。但若说它是歌颂革命与反抗精神，却又不明白为什么冉阿让死了，为革命抛头颅洒热血的那么多人都死了，只有逃离了革命的马利尤斯和珂赛特一起，在战友奋斗与牺牲的地方相爱，成婚，老去。

百年好合，长命百岁。

那么多人都付出了一切，凭什么你们能那么幸福？

幸福得让人忌妒，幸福得硬生生在那片猩红的世界中划出了一道光。

真恨不得让他们和侯方域与李香君一样，生生别离，参商永隔。

功业与爱情似乎总不能共存，而在功业面前，爱情永远只能屈居后位。就像属于猛虎的永远只是山林而不是蔷薇。

侯方域何德何能，怎能在国难面前还牵挂着小情小爱？

“你看国在哪里，家在哪里，君在哪里，父在哪里，偏是这点花月情根，割它不断吗？”

不过是一个所追寻的世界太大了，而另一个所追寻的世界太小了。

曾经是“舞低杨柳楼心月，歌尽桃花扇底风”，现在只不过是桃花扇底，送走南朝。

属于他们的注定只是分离，只有分离。

角

角者，触也，阳气蠢动，万物触地而生也。

其和而不戾，润而不枯。

《桃花扇》里最终的分离，是李香君之大不幸，也是李香君之大幸——若是没有战乱，也很难想象这两人的命运会变得如何。

李香君再怎么名满秦淮也不过是个歌妓，而侯方域却是真真正正的名门之后。侯方域可以留着她，作为添香的红袖，作为读书人之间的谈资，作为失意时的解语花，作为士子风流名声的点缀。

然后再无其他。

双陆打久了也会腻，诗做得再好也无法获得所有人的认可。她的世界只有这么大了。总会有比她更美更年轻的人出现，她们会唱更动听的歌，弹更婉转的旋律。雏凤清于老凤声。

若她侥幸有子，或许能分得一份微薄的家产；若无子，就像摘来点缀的花，什么时候谢了也无人知晓。

不过是朵花。有则锦上添花，无也不伤大雅。

若有了危难，第一个被抛弃的也一定是她。

“从众。必不得已，先去辎重，次衣被，次书册卷轴，次古器。独所谓宗器者，可自负抱，与身俱存亡，勿忘之！”

这是战乱中的赵明诚留给李清照的话，他根本没有想过无衣物、无辎重的李清照在乱世中应如何存活。

就连出身名门的李清照在她的丈夫眼中尚不及一幅画、一幅字，这些歌妓能有多大价值?

秦淮八艳。若没有那些风云变革国破家亡，她们就仅仅是普通的歌妓，在年轻时名噪一时而难登大雅之堂，在年老色衰后迅速地被遗忘。能找到一个良人嫁掉、平安一生便已是再好不过的结局。没有这场战争，她们也不会在史书上留下浅浅的一笔。

或者说，本来这些歌妓也可能默默消逝在历史的册页中——只要世人皆为史可法。但历史玩笑般地告诉我们曾有“十四万人齐解甲”；告诉我们平日义正词严“饿死事小，失节事大”的钱谦益等士大夫们，不过一句“水冷”，就轻而易举地为自己找到了活下去的理由。

史可法之所以被铭记，秦淮八艳之所以被铭记，就是因为他们是那时候的异类。大多数人不过怀着对过去朝廷的一丝愧疚或叹息，苟活于世，甚至转效清廷。

崇祯皇帝的尸骨被他们狠狠踩过。

对于李香君来说，《桃花扇》里的结局才是最好的结局。

因为相聚的时间过于短暂，所以在侯方域的心中她不会变老，不会被柴米油盐酱醋茶磨去一身的灵气，不会有色衰爱弛的那一天。一切美好的东西还未被时光消磨干净，可以留在心里细细思量。因为战乱中出现了太多苟且偷生的淤泥，她才会出淤泥而不染，被后世文人惋惜、歌颂、层层描摹。

而侯方域亦别无选择。不出世又能怎么样？无力报国，怯于殉国，又不愿侍奉蛮夷。与其等多少年后被社会一点点压弯脊梁，成为人所不齿的贰臣，不如此时就割舍掉一切。在世人的眼中，在李香君的眼中，他还是那个有着如兰操守的翩翩公子。

战争分离了他们，也成就了他们。

她是他心里的朱砂痣，他是她心里的白月光。

哪怕是岁月，篡改我红颜，你还是昔日，多情的少年。

一切美好的事物，还没来得及变质，就渐渐消逝。

没有比这更好的结局了。

宫

宫者，中也，居中央畅四方，唱始施声为四声之径。

其音浑厚较浊，长远以闻。

终究要回到《桃花扇》的主题。

“借离合之情，写兴亡之感。”这点江苏省演艺集团昆剧院看得很是透彻。正剧还未开始，演员便一一登场，身着水衣，淡施妆容，仅一套《哀江南》，放悲声唱到老。

这是孔尚任对南明的哀叹。

消逝的不只明朝哇。这片土地上曾有那么多的朝廷产生，那么多的王侯将相踩着累累尸骨去采摘权力，但大多数只是在史书上留下潦草几笔记载又匆匆隐去，后人再也找不到它们留下的痕迹。而在它们刚刚建立时，也曾是红日初升、其道大光，河出伏流、一泻汪洋。

今可还存？

“眼看他起朱楼，眼看他宴宾客，眼看他楼塌了！”

这也是我们对孔尚任的哀叹。

你是仍对旧的王朝念念不忘，还是已下定决心向新政权俯首？你是已习惯于长袍马褂，还是仍留恋着汉人衣冠？你自己的国在哪里，君在哪里，家又在哪里？你一直处在矛盾之中，既贪恋梦中的欢娱又不舍得现实的真切。

“残山梦最真，旧境丢难掉。”

若九泉之下有知，曹雪芹怕是可以凭着一首《好了歌》与孔尚任相谈甚欢吧。相似的大起大落的人生境遇，相似的沧海桑田世事无常之叹。冠盖满京华，斯人独憔悴。纵有千秋万岁名，难改寂寞身后事。

“——甚荒唐，到头来都是为他人作嫁衣裳！”

在《桃花扇》的最后，侯方域和李香君还是选择了双双入道。

这大概是逃离这悲惨的世界最好的方法了吧。远离人世，乘云气，御飞龙，游乎四海之外，于两睫交瞬之际往返大千，似冥灵以五百岁为春、五百岁为秋。逍遥哇逍遥。天地已与我并生，而万物与我为一，我是一切，我也是虚无，泠然善也，泠然善也。

这一切的一切，终将归于虚无。

不如身寄逍遥。

注：

小标题“宫、商、角、徵、羽”是我国五声音阶中五个不同音的名称，类似现在简谱中的1、2、3、5、6。即宫等于1(Do)，商等于2(Re)，角等于3(Mi)，徵等于5(Sol)，羽等于6(La)，亦称作五音。

有古意·木叶说

⏭ 文/陈少贤

如今的文艺青年愈发多起来，“古风”的句子随之骤增。“陌上桑间”“琴棋书画”，甚至“金戈铁马”都蕴含了一股所谓“清丽”“婉约”的风格。但有一个意象，却似乎再未出现过。

“木叶”，当是秋日乃至古诗词中最为凄冷惨绝的意象。每一片飘零的木叶都是一个音符，联结它们的旋律，虽无“桃花乱落如红雨”那般急促华丽，只是稀疏地散落，但奏出的却是一曲生命的绝响。或醇雅或婉约的古句，每逢着它，便如同一条宽阔平静的江流忽到了逼仄狭隘的河谷；或高旷或凄怆的壮词，经它点缀，诗客手中的青锋乌鞘长剑亦为之颤抖。

“袅袅兮秋风，洞庭波兮木叶下”。三闾大夫极尽铺陈比兴之能事，行吟江头泽畔，终于让一首洞庭湖边、荒汀落木、佳人颙望的歌流传千古。当润泽清爽的叶化作枯木一般，秋风，便真的凉了。但也只有这时的叶，才能与吟游的诗人情意相通，而不是仅仅供人荫蔽；才能任由乌黑的松墨在其上恣肆挥洒，如长吉锦囊里的诡句、长信宫的渠中怨词。也就是从此之后，“木叶”身上始终萦绕着一股千载传承的苍凉。遥望，遥望。八百里洞庭无声，天地一人，满目寥荒。

有木叶的诗句，就像被囚入了无尽幽冥的歌者，一呼一吸间都透不出生的希望；题了字的木叶，终会被埋入地底，不能化作春泥，只能带着书写者的咏叹调，伴随沉重而绝望的喘息，与同为“浊重之气”的大地融为一体。“九月寒砧催木叶，十年征戍忆辽阳”。当丹凤城南终日守望的少妇允许木叶凌空飘落进入她的世界，她的等待、她对征人的归来与对未来美好生活的企盼，就逐渐清晰地变得渺茫。悲哉秋之为气也，西金之秋气主东。木叶便是秋气的化身，杀意的实体。它从枝头落下，在空中如蝶飞舞，在你仰头凝望的瞬间倏然坠地，将记忆绞杀，然后共同消散。当你多年后拂去箱箧上的尘埃，吱呀一声打开锈蚀已久的铜锁时才发现，被珍藏在灵魂深处的美好故事早已斑驳、残破而凌乱。

印象中，有木叶的地方一定有风，一定有迷茫的烟尘，但一定没有氤氲而生的雾气。“木落雁南度，北风江上寒。”秋风是凛冽而干涩的，吸干了水汽，因而木叶的世界不容湿意的存在。“无边落木萧萧下，不尽长江滚滚来”。纵是在浩荡江流面前，眼前所见也只是一片因明察秋毫而生的烟气弥漫的茫然。轻若一羽的木叶与雷霆万钧的长江在杜工部的七律里被赋予了同等的沉重与清醒。这种哀愁，到底还是源自三闾大夫，稀疏的几片落叶在水面漂浮，或随波逐流，或流转到底，都是清晰可见的。不是因为水清，而是因为这是木叶对水的决绝，这是文人对自己气节的坚守，这是吟诵者对自己犹豫的了断。不论水气势千钧还是缠绵悠然，都改变不了的。

山之哀也暮雪，水之悲者木叶。但两者所蕴藏的情思却又迥然不同，木叶的印象有着暮雪所无法比拟的开阔。长思秋暮，独上山行，望着林间罅隙中透过的暮色，遥遥然听着残蝉衰竭的凄响。看枯泉上几片木叶随风飘零，愿我能在灵台空寂之时听到那一声轻不可闻的叹息。

但可惜这终归只是美好的愿望罢了。江南湘北之地，草木四季常青，漫山的红叶尚且不可一见，更毋论“况属高风晚，山山黄叶飞”的景致了。况且而今人们心中的“古意”也不过是那些“素年锦时”之类的吴侬软语。“木叶”这千载传承的意象，怕是真要从此凋零了。

有 时

⏭ 文/犇啸

这实在不能算是繁华的地方。

可是每处地方只要交通开始堵塞就不会太荒凉。石龙仔就是这样。

就像人的衣着昭然若揭地标示个性，小小的乡村，满是工厂、集体宿舍与路边小地摊。

我走在路上总会看到三三两两的人围在工厂的招聘启事栏旁，年轻的女子、小伙子，交谈着、沉默着。

有时远远地看见一个老人顶着烈日在墨绿色的垃圾桶翻拣着，走近了还会发现一个两三岁的小孩子在老人脚跟前牵着一个大大的塑料袋。

有时会坐公交出去，和提着行李的人一样来来去去，从一个地方到另一个地方，直到让自己厌倦。

有时走10分钟的路程去吃重庆酸辣粉或兰州拉面。一次打开微信看新闻，忽然手一抖，待送进嘴里的花生米掉在裙子上染了油渍，心情顿时糟糕透了，像受了多大委屈似的，眼睛里有泪打着转。抬头看见傍晚的天空飞机飞过的痕迹若有若无。

有时下一夜暴雨，第二天不用看也知道路面肯定积满水。不顾女孩子形象，提着鞋快乐地蹚进水里，在富民路从南走到北就到了公司，又想起那歌词“我要从南走到北，我还要从白走到黑，我要人人都看见我，但不知道我是谁”。

有时夜里11点在富民路从北走到南，正是暮春，路左边的树木疯狂地落着花，走到夏深才发现那是芒果树；另一边是小叶榕，朦胧的灯光从密密的叶子中洒下来，又在地上投下马赛克似的影子，而我在其间走着，有时下弦月，有时上弦月，有时浩月如眸。

有时地上落满黑色的果实，细听还有像种子跳出坚核的声响，而事实上是碎裂的声响，那是香樟的果实。另一个城市，另一条街有人从青春年华走出，从爱情里走出。在一首诗里，在一片月光里，我们像灰尘一样各自飘落着，各自擦拭着身上的香。

有时，坐在窗前，对面是另一扇同样的窗，那一览无余的方方正正的金属的窗让我绝望。幸好还有香烟的烟雾无限上升，飘远着，云一样，仙女一样。我好像看见大地的阶梯，看见四姑娘山，看见高山海子……

不管走了多远，清晰可见的还是那难忘的童年。

小时候喜欢往林子里钻，树叶落光时，一头就撞见了鸟窝。“呀，怎么夏天就没有找见呢？”好不意外。总习惯扯低了树枝伸着头去看，“里面有没有小鸟？”明知道是没有的。鸟窝内很干净，草叶羽毛细枝服服帖帖地交织在一起。鸟儿有一张会织布的嘴。偶尔见一两枚没有孵化的蛋，我总想，鸟儿是不是没来得及把它们孵出来。然而为什么没来得及呢?

有时鸟鸣声突然在身边响起，便停住不敢动了，能听听鸟叫总是好的。这幼小的精致的生命若是病了怎么办呢？一只鸟的寿命有多长？充满太多变数了。人的生命总是几年几年地望不着边。望不着心虚，望着了心更虚。人跟鸟不一样，人喜欢待在笼子里，便也喜欢把鸟往笼子里关，似乎这样才有安全感。人还喜欢看天上飞的东西，当然也喜欢吃天上飞的东西。关于“家”，人和鸟达成了共识，要干净舒适。家是经营出来的，家靠人，人靠自己，人受伤了第一件事总想到家。没有鸟住的窝经不起一个秋天的风吹，更藏不住冬天的雪。鸟有翅膀，鸟的翅膀在没有粘网和子弹的天空中是自由的，风一样翩翩起舞。人的脚上总有绊脚石。不迁徙的鸟，比如麻雀，会巧妙借住在人类的屋檐下。

冬天早上推开门，在鸡笼边撒一瓢谷子，饿了一宿的鸡来了，麻雀也来了。麻雀不怕人，人也不撵。大冬天，风能把太阳吹冷，再下一场冬雨，生冷生冷的，麻雀又能吃多少呢？这样的早晨是和谐的。山村的和谐都在一草一木一鸟一物间，细细的、贼贼的，不招摇不吵闹，像春天的细雨一样，滋润着一个又一个童年。

散　了

⏭ 文 / 李紫云

窗外的那个背影，如此熟悉，已让我有股想冲下公交跑到他的跟前看个究竟的冲动。过去，他也喜欢背着一个双肩包，时常漫步在街道上。一米八二的个子，在人群当中总是相当显眼。

我和他将近两年未见。最后一次见面，是在他高考结束之后，我在街上无意碰到他，简短的几句对话，而后就告别了。在和他擦肩而过的那个瞬间，我似乎意识到了，或许这就是我们俩最后一次见面。我特意走得很慢，走不到几步，便停下来转过身，他依旧停留在原地，只是目光早已看往他方。

他比我高一届。因初中开始对股票感兴趣，一心都扑在了上面，自然和我一样不爱读书，只是想考一所好的大学继续深造。那一年，我们隔三差五就碰一次面，他和我说的最多的一句话就是，“你要知道你心里想要的是什么”。当时，他想去北大读经济学，而我对于北大的中文系也有些蠢蠢欲动，虽然知道凭借我的那点成绩是万万不够格的，但我还是异想天开。他去北大的目标随着那不理想的高考成绩而破灭。对成绩之事，他始终耿耿于怀，甚至一时无法原谅自己。我明白是之前他对自己的期望太高了，想爬一百层楼的大厦，现实只能爬六十层。疼痛过后有些不甘，为此动了回去复读的念头。

我高三那年，他大一。偶尔，我们还是有电话联系。只是，话语变少了，我知道他已有了新的生活圈，而我也回归到独自一人的生活。尽管多少次，我站在学校的大门口，前一秒还以为能看到他的身影，后一刻才明白这一届的毕业生已轮到我了。我明白我在现实和回忆间徘徊和搁浅，上一秒的我内心平静，下一刻便泪流满面。

我和他一样，终究是没实现去北大的梦想。上了大学的他继续他的股票研究，而我也回归我的文学，彼此不再有交集，却在多少个午后黄昏，情不自禁地想起他，尽管我和他已经好长时间没了联系。不知为什么，在厦大旁听的第一年，无数个夜晚，当我伫立在路灯下，打量着微黄的灯光在树叶上投射的光影，我内心如涛，无法平静，任凭泪水滑落。我在怀念，怀念那个身影。

偶然的一次，我接到他在那年打来的第一个电话。电话里，他跟我说他目前忙碌的现状，而我也告诉他我的生活。他得知我一人在校外租房，自己料理生活，惊讶地调侃道："哟，居然长大了。"他不过比我大两岁，可不知为何，在他看来，我还停留在小孩的阶段。电话里的他不再称呼我是小屁孩，短短的沉默，让我再一次感觉到我们俩的距离不断拉长。时间流逝，隔绝在我们中间的那条鸿沟愈来愈深。后来，尽管我的电话里储存着他的电话号码，却不会轻易联系，就连短信也懒得编辑。不是说我已忘了他，而是彼此都明确各自的生活，并为梦想而努力拼搏。他，是我高中那会儿联系最频繁的一个男生，不算是好朋友，却可以称得上是亲密的朋友。如今，亲密这词早已烟消云散，与其说我们俩是老朋友，不如说他同许多人一样，只是我生命中的一个过客，只是在那段时间里，给予了我足够的友谊。

青春的长廊里，我试着长大，也不断在长大。在拔高的过程中，我不再冲动，多了深思；不再顽固，多了退让；就连个性也被磨平了许多。尽管外貌从未改变，却不再是最初的那个自己。生活更是如此，失去的比得到的永远都要多，而那些逝去的、以为不经意间就会被淡忘的人和事，被保存在内心，编织成记忆。在夜深人静之时，它们宛如潮水，涌上心头；又如同一片叶子，风过后，便散了。

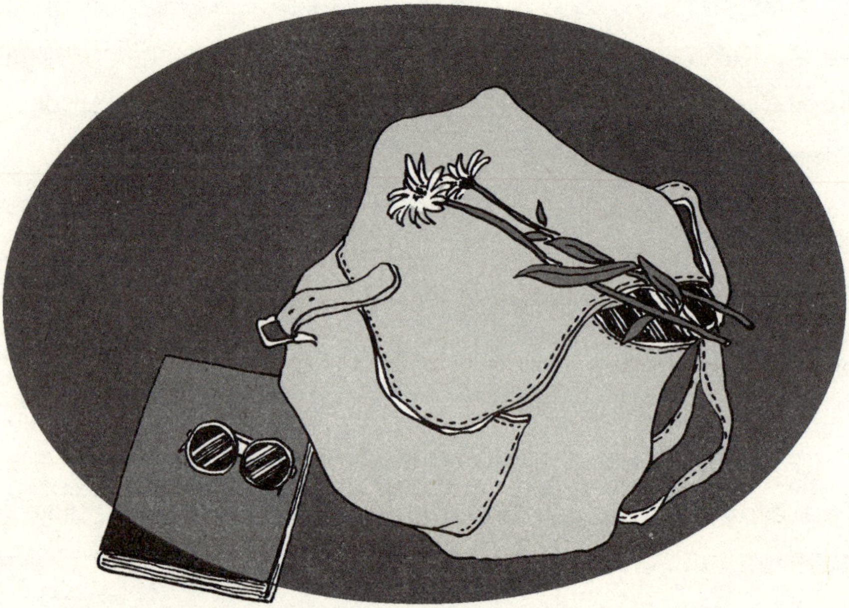

疲 味

⏭ 文 / 王宇昆

本来打开这篇文档的时候，打算不讲究什么格式，就像平常写日志似的碎碎念一下最近。可是习惯使然，还是居中，加粗，最后首行缩进。

现在算一算，这个习惯保持了四年的时间了。

首先，也是我最想说的一句话，感谢你能选择我的这一篇“意识流”，感谢你能抱着平和的心态看我的生活，感谢你对我的名字有那么一点点的印象。

甚至，最想感谢的是那些我不知道的一直关注我的某某某，当然我不知道你的名字，不知道你是否真正存在。我不认识你，就跟你不认识我一样。

其实这个习惯很简单，基本上搞写作的人都有自己的文档癖好，字体是什么，字号要调多大。难能可贵，一个聒噪的自己能把这个习惯延续四年的时间。

一直以来，我不敢说自己是在写作，仅仅承认自己是个微不足道的期刊作者，正常点儿说是写字的，浅俗点儿说就是没事穷酸的人。

中国这么大，有那么多会用电脑敲字的人，有那么多写东西写得出色的。我就是这个集合中最简短的真子集。

很难想象吧，我喜欢上写东西是因为先喜欢上了写应试作文。

初中班上有一个女生作文每每满分，我很忌妒。于是也开始钻研，在作文里加入华丽的辞藻，开始写长长的甚至读下来都是语病的句子。庆幸的是，这些错误没有白犯，后来我们俩成了班上写作文最棒的。不是吹嘘，我甚至敢说我的作文当时是全校最棒的。后来很多次的满分作文，像很多人拥有过的经历一样，被老师拿到全班面前诵读，第一次是激动，第二次是自豪，第三次是幸福，第四次是自信。

于是，从这时候开始发现，写东西，编织出诱人的话语是多么神奇的事情。

在写作上，给我启蒙的是重庆传媒的《课堂内外》杂志社。当时订阅初中版的刊物，订了很多期，却唯独那一期，封面上是个女孩的那一期给我打开了大门。我深刻地记得“木小瓷”这个名字，还有她写的一篇关于父爱、关于自行车的小说。为何我不能写出来发表?

大概所有的柏油路都是那一条细微的线比量出来的吧。

从那时开始，我用电脑打字。印象中发表的第一篇文章叫作《那时花香》，纯虚构，发表在学校统一订阅的杂志上。班主任亲自将稿费单和样刊给我，邮寄样刊的信封被班主任打开了，不过当时我根本不在意这些。

那本人生中第一本样刊后来被同学不小心弄湿了，我难过了很久。回家的时候，我把样刊拿给我爸看，心里那种喜悦燃烧了一整夜。

稿费是四十元，当时觉得简直是美极了。

多么美好的回忆，发生在四年前的某个晚自习课上。而现在我已经高中毕业，结束了高考，准备踏入大学。

四年的时间足以让一只猫或一只狗度过人生中重要的纪元，趋向衰老，或是繁育后代。

写作真是耗费脑力的活动，涉世未深的我们构思了那么多那么多的故事，一一记录，像司马迁笔书历史一样浩荡。

渐入佳境的时候，发表这种事情变得习以为常。最佳时期，每个月会有三四篇文章同时出现在不同杂志上。当然，同龄人比我厉害的多得是。我喜欢上了自己脑袋里的想法变成字符被定格然后又变成铅字被大家阅读体味的过程。

后来知道了郭敬明，知道了韩寒，知道了新概念作文大赛，知道了通过这个比赛可以帮助到自己的高考。于是开始用不算那么单纯的心态给大赛投稿，初三那一年是B组，高二那一年是A组，高三那一年也是A组，一共参加了三次。从贴吧看到，夏茗悠高三最后一次参加新概念，顺利得到了一等奖，多么幸运，那时候我总幻想这种好事会降临在自己的身上。

当第三次开始准备参加比赛的时候，才发现自己前两次写的东西是那么幼稚浅显。为此我做足了准备，买了新概念的获奖文集，认真研读。每写完一篇参赛稿都给别人阅读，听他们的意见，然后修改上无数遍。

其实，我这个人最讨厌的就是修改已经写完的文章，哪怕是修改错别字。

最终，可以说是功夫不负有心人，我进了复赛。

准备去上海参加复赛之前，高三紧张的气氛在北方寒冷的夜晚压抑到几乎爆炸。于是每个晚修结束，回到家背完书后都会拿起手机读读当年韩寒、郭敬明、张悦然他们的复赛文章，摸清了风格后，就剩下等待了。

到上海的那一天，正好是高三上学期期末考试的时间。我成功躲避了这次决定一个寒假命运的考试，在无数同学艳羡的眼神和祝福加油的话语中，收拾书本离开，但也没有觉得多么轻松。

之后成功获得了一等奖，出了各种拼盘文集。

到如今，通过写作赚来的钱有小一万了，这点成就让家人很欣慰。通过这些，加上之前的新概念比赛，他们彻底转变了对我写作的态度。

这点转变可以成为催化剂，但我却鄙夷起自己的用心不纯。

从小到大我有一个非常大的梦想，也是唯一一个梦想，我打算向看到这篇文章的人公开，就是希望自己被一个时代记住。我不怕你现在是嘲笑还是沉默还是其他的什么心态，这就是我的梦想，实打实的，永远不会改变的。

逐渐明确时代含义的我，熟悉了韩寒、郭敬明等人的成功之路，蠢蠢欲动，却又不断地否定自己。

那时到处在谈论是否会出现第二个郭敬明或韩寒，我当时自负地说非我莫属。现在想想都觉得好笑，为什么要拼命变成另一个人，而不是自己呢？

说到用心不纯，我确实是为了满足我那卑微的虚荣心，为了向别人证明我有一技之长，为了获得别人的称赞，为了走捷径达到目的，为了有更多的零花钱，为了让家人觉得幸福满足，为了出名，为了让更多的人知道我，甚至幻想靠写作一夜成名，全国巡回签售。

太多太多的想法压着我，我像是好久没有剪毛的绵羊，拖着沉重的步子。

于是我开始恐惧被退稿、被毙稿。尽管那些伟大的小说家在出名之前都遭遇过各种情况的退稿，我还是从心底里畏惧担忧。每当编辑宣布稿件结果，或是浏览终审目录的时候，我都像虔诚祈祷的信徒。

我开始养成了一个不好的习惯，就是无休止地催促。我知道这样会让负责我的稿子的编辑很厌烦，因为我没有大牌到一线作者的地位，甚至百度百科都没有我的名字，我有什么资格谈百发百中？

我很清楚编辑的心情，也和几个责编发生过争吵，结局多为不欢而散或是长久拉黑。

我讨厌这样的自己，是真的真的非常厌恶。

高三参加完“新概念”回来，一直没有再碰写作这档事。本以为过了高考，就可以平心静气下来写完脑袋里无穷无尽的想法，但事实证明，一来真的，什么都无所适从了。

进入了传说中的写作瓶颈期。我保持着每天一篇文章的速度，换来的却是无数次的退稿。为一家杂志一期写了三篇，全部被毙掉，知道结果的时候我的心情一瞬间灰下来。结果是我在健身房时，编辑发消息通知的，回家的路上我满脑子惆怅。

我本相信只要努力就有回报，后来发现需要技巧，而现在悟出来还需要有一颗真正虔诚纯澈的心。

或许那种失落感以前也曾经长久伴随我，但那么久不见，还是不适应、招架不来，对吗？

这颗悬着的心太聒噪，它需要洗个凉水澡。

这个身体有些疲乏，它需要找个沙发休憩片刻。

遇到困难有时会选择回避或是退缩的我，时常想是不是应该放弃写东西，干些别的。但我发现，我做不到。

托尔斯泰在尝尽疲味后，才撑起了整个时代的精神天空。虽然我做不到那么伟大，但我要吞咽咀嚼这疲味，走到这条路的尽头。

这是一篇检讨，是自娱自嘲的碎碎念，感谢你的阅读。

我希望你能用七秒钟的时间回到题目那里重温我的名字。

我叫王宇昆，宇宙的宇，昆仑的昆。

我喜欢写作，我以后要一直勇敢单纯地写下去。对，从现在开始。

PART 3

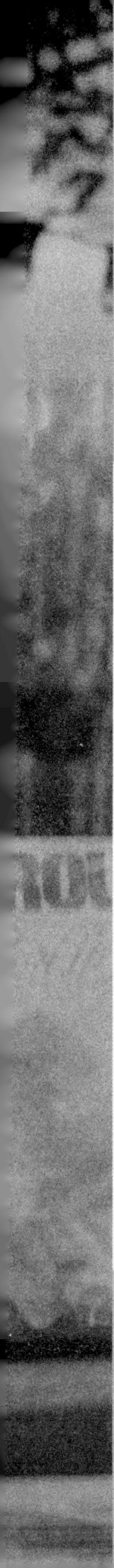

众星罗列　夜明深

记一间动物园的倒掉

⏭ 文 / 徐衎

阿一他妈从动物园提早退休后，就成天和我妈腻在一块儿，久而久之成了一对配合默契的牌友；顺理成章地，我和阿一继承并发扬母辈的友谊，也是成天一起打闹，一起烂成两摊泥，彼此惺惺相惜。

“喂，走了啦。”

负责放风的阿一使了个眼色。我猫腰逃离座位，直跑到操场上，又逃掉一节自习课。

阿一提议道：“我们去偷山鸡给老师作教师节礼物吧？”

我满口答应。

于是，我们分别计算了从学校到动物园的步程和车程，结果让我们很满意。同时阿一又提出一系列针对突发情况的应急措施，比方说被动物园饲养员逮个正着应该如何砌词狡辩脱身；就算得手，万一半路山鸡拉稀怎么办，胃康灵胶囊那类玩意儿又不可能随身携带……折腾半天，我们才意识到问题的关键所在，距离下一次教师节还有一年之久。阿一双手一摊，还是先放在动物园养着，等来年长膘了再说吧……

头顶的天幕，和彼时的少年时光一样，湛蓝剔透。天马行空地瞎侃胡吹，嘻嘻哈哈中打发掉一个下午。我们对“上进心”“学习成绩优异”之类的概念少有触动，也缺乏具体付诸实践的意识。美丽的班长邱恬便成为我们对“优秀榜样”的具象认识，而和邱恬常年搭档、同样优秀的学习委员徐焕自然成了我们的眼中钉。

“瞧那小子。”课间，阿一朝我示意，只见徐焕和邱恬说说笑笑，从办公室方向走来，“真讨厌，凭什么他们老是黏在一块儿？”

“那你也去当学习委员哪。”

没想到，一句戏言成了鞭策的警语。之后，阿一的确用功很多，只要徐焕还在座位上，就绝无可能叫出他一道去打球。上课晃神的时候，我开始羡慕阿一，因为找准了目标，很多努力便都有了落入实处的可能，不像我整天无所事事，上课也好翘课也好，干什么都是心不在焉的样子，很无聊。

“喂，出去打篮球啦，差你了。”午休，我坐到阿一的课桌上怂恿道。

“你先去啦。”阿一神神秘秘地遮住正在誊抄的什么，一脸谄笑地看着我。

之后的日子，“喂，去水吧喝可乐！”“喂，要不要一起去挑球衣？”诸如此类的邀约都得不到阿一的回应，反倒是他和徐焕越走越近。

“那个历史笔记借我抄一下。”“太感谢你的政治题典了，那个框架图真有用啊。”“昨天讲评过的试卷再借我看一下。”面对阿一的诸多请求，徐焕一概爽快答应。

久而久之，有意无意地我也就疏远阿一了。十七岁生日聚会的邀请名单上，没有阿一。

可阿一却不请自来了。

生日聚会在一个水吧里举行，我请了一众哥们，清一色的男生，包括徐焕。又恰逢新一轮月考结束，大家兴致高昂地互相整蛊，气氛融洽热烈。生日歌唱到一半的时候，阿一来了。我觉得我眼里闪过一丝慌乱，好在我很快整理好表情，可开口后话中仍不免带刺，“我还以为你忙着学习，应该没时间来给我过生日的。”

阿一的表情略微一僵，但也很快生动起来，“啊哈哈，生日快乐、生日快乐。”

临近高三，难得有个机会玩一把，整个生日聚会很成功。散场后阿一拉住我：“等等哟，寿星，还没收我的生日礼物呢。”说着，阿一从书包里掏出一本书。仔细一看，这不是我前阵子被班主任没收的限量版全明星画册吗？说实话，打那以后很长一段时间，我对班主任恨得牙痒痒，捎带着对语文这门课程的好感也尽失了。所以这次月考，在答语文卷时，故意字迹潦草，有些明明会的也故意写错，连我的拿手强项作文，也写得如温吞水，没滋没味的。不知道阅卷结束，班主任还会不会骄傲地把我的作文当范文印出来，在全年级传阅。

直接又稚拙的蓄意报复，年少的小九九。

“怎么会在你这儿？”我纳闷又惊喜地接过画册，失而复得的快乐为十七岁的生日加了一抹亮色。

“这个就别问啦，知道你宝贝它。怎么样，这个生日礼物喜不喜欢？”

我一把揽过阿一的肩头，两人一边迈着大步一边高歌。明明整晚喝的都是饮料，却偏偏装成酒醉不省人事的样子，东倒西歪地说着胡话、走着醉步。我们拙劣的模仿引来不少大人不解而又宽容的瞥视。真是开心的十七岁生日！

月考成绩揭榜，语文一科果然毫无悬念地一塌糊涂。而阿一，各门功课也是进步得一塌糊涂，一下子成为全班瞩目的焦点，风头一时无两。课间，班主任把我和阿一叫到办公室，好一个悬殊对照的阵容。班主任褒奖阿一的同时不忘笑里藏刀地挖苦我一番，“我就觉得阿一最近用功不少，看到了吗？选择题满分。再看看你，这么简单的也错。还有作文，要知道作文一直是你的强项啊，结果呢？一样乱七八糟。快高三了，是该收收心啦。有付出就有回报，记住。”

有付出就有回报。当真如此吗？

数学课上，明明前一晚预习了一宿的课程，数学老师一讲，又是一头雾水。

物理课，像读经典名著那样把物理课本精读了一遍，知识点大都了然于胸，可一到了实战做题，就毫无头绪，四处碰壁。

所谓的爱好兼强项——语文作文，也不过是百无聊赖中的一个宣泄口，一个我尚且可以驾驭的出口。有这个出口，我可以暂时心安理得地活在自己的世界。只要我愿意，我可以虚构一座城，杜撰一个纪年，置身其中的我便是那个王。

但这终究只是虚拟的王者。不像邱恬或徐焕，虽活在现实中，却一直被我视作永不失败、不食人间烟火的战神，牢牢占据着各科的前两名。大多时候他们都活在我的幻想里，是遥不可及的星辰一般的存在，常常会有“想要剖开他们的头颅，看看他们的大脑构造”这样的想法。可眼下，连最好的损友阿一，成绩也慢慢地靠向“优秀”的阵营，和我相距渐远。

“明早你先别去老师家补习了。”从家长会归来的老妈径直闯进我的书房，“我就说阿一这孩子怎么好像一下子开窍了呢，幸亏我跟阿一他妈常在一块儿搓麻将。晓得吗，城北有座寺庙很灵的，他妈每月初一都要带上阿一去进头香。今晚早点睡，明儿一早我们也上香去。”

公交车一路开到城郊，寺庙前的大鼎中已经焚了不少香火。老妈一把拽我跪倒在蒲包上，庙里的住持扬着一把柳枝，在我额前摩挲半晌，算是礼成。

“来来，我看看。”老妈扭过我的额头，眯着眼仔细端详，良久露出一个欣慰的笑，“下回考试起码应该进步个十几名吧。”我的手一颤，焚香尖端抖落下一撮灰，不温不火地擦过我的手背，四散开去。老妈年过四十，仍有点热爱幻想，不着边际。比如搓麻将前一定要把双手洗上两三遍，自然风干后才上牌桌，说这样才能被雀神眷顾；老妈的卧房里既有财神爷瓷像，也有圣母像，前者寄予了她招财进宝的夙愿，后者呢是她为自己能够顺利度过更年期临时起意供奉的新偶像……而此番，老妈巴巴拉着我跑来进香，以期我能像阿一那样时来运转，在最后的冲刺阶段拔得头筹，良苦用心实能体谅，但这也无形中给了我莫大的压力，不堪重负。“起码应该进步个十几名吧”，我不知道这其中掺杂了多少老妈一厢情愿的幻想。不得不承认的是，幻想这档事有时候真的很伤人。

回程，车经过动物园，有个酷似徐焕的少年身影一闪而过。大周末，入口大门紧闭，售票窗口的玻璃碎了一块，糊上的报纸在风中时凸时凹，鼓荡不定。

动物园也迟暮了，垂垂老矣。

记得小时候，因为阿一他妈在动物园工作的关系，我隔三差五地就和阿一溜到动物园，白白地把园中动物看了一遍又一遍。乐此不疲的过程中，也洞察了个中动物的微妙变化：胖瘦不定的河马，刚下完崽的麋鹿，养尊处优的熊猫的黑眼圈似乎更浓了……有一年，动物园举行全市小学生动物观察日记评比，我和阿一因为同这帮飞禽走兽已然亲如一家，比赛结果毫无悬念。大赛奖品是和大熊猫近距离合影一张，照片被我老妈裱起来挂到客厅中央最醒目处，同一面墙上其他的动物园照片从此黯淡无光。再后来，这些照片又统统被收进相册里，取而代之的是我在小学、初中、高中各类作文比赛上的奖状、证书。

弄堂人家，抬头不见低头见，彼此知根知底，攀比由此产生，而孩子更是弄堂女人们最长久也是最保值的攀比项目。年幼的时候，比哪家孩子长得俊；上学以后，学习成绩即成了对比的重头戏。

“你军军哥哥去年考了区状元，听说就是用这套复习教材的。好好看看，别净跟阿一瞎跑。”

“你晓得吗，隔壁王阿姨的女儿莉莉，周末上五个老师的辅导班。下月开始，你也去补习吧，少和阿一在一起胡闹。”

曾几何时，老妈是不待见阿一的，他和我都属于偏科严重的差等生。尽管语文成绩还可以，但数学、物理总能把最后的总分弄得特难看。老妈脸上无光，自然希望我和邱恬、徐焕那样的优等生多亲近。可优等生的立场又有谁人知？这周轮到我值日，离开教室自然比平日稍迟，天色已黑，停车棚里黑洞洞的依稀可辨几辆自行车的轮廓。

“我说，你最近同阿一走得蛮近嘛。”少年变声期的嗓音低沉浑浊，但阒寂的车棚里，依然听得分明。

“先进带动后进嘛。”是徐焕不无得意地回应。

“看那小子上次月考进步不小。”变声期的嗓音因为语气的转变，更怪腔怪调了。

“谅他也超不过我的。”徐焕的声调始终维持在一条水平线上，冷峻不减半分。

有求必应的解答、出借笔记讲义，原来不过是居高临下施舍的嗟来之食。想到这里，为阿一感到有些难过。

“阿一这孩子，脑袋蛮灵光的嘛，”回到家，老妈也刚从牌桌上下来，捏着嗓子尖声尖气地模仿阿一他妈，“我们家阿一，动漫照看、玩也没少玩，可这学习成绩怎么就上去了呢？”

对阿一产生了淡淡的恨意。在写字台前坐了许久，仍是心烦意乱，无心演算。九月天高人浮躁，日子无聊得很。对门纳凉的胖哥，脖上挂一只无线电，有女歌手呢喃地唱着，“等待晚上，迎接白天，白天打扫，晚上祈祷，离开凡嚣，寻找烦恼……”

需知，烦恼来去无兆，寻找烦恼是庸人自扰。

翌日，语文课下课，徐焕被班主任叫到走廊，学习委员挨训还是头一遭。不久，邱恬也被叫了出去，于是一桩桃色事件在班里传开来。大致是徐焕和邱恬两人在班级工作中合作久了，渐生情愫，徐焕写了一封情书给邱恬，怎料邱恬粗心大意将情书夹在作业本里没有取出，直接导致东窗事发。

可是邱恬当着班主任的面极力否认自己知情，两人对峙了几个来回后，这事以邱恬的委屈恸哭暂告一段落。班主任选择信任她的得力助手，把邱恬放了回来，留下徐焕继续单独谈话。于是流传的版本又成了徐焕匠心独具，将情书夹到邱恬作业本里，试图借此悄悄告白，无奈邱恬毫不知情，铸成大错。

据说虽然徐焕全程三缄其口，但情书笔迹确实出自他手，此事最终的结果是，徐焕被免去学习委员一职，放学后留校写三千字检查。

打扫完教室，我远远看见徐焕像个刑满释放的要犯，步态虚浮，走得怅然若失。

“虽然很不幸，但还是很佩服你的勇气。”我拍了拍徐焕的肩膀，脸上是真诚的敬佩之情。

徐焕冲我苦笑了一下，“呵呵，有什么好佩服的？”

“我是说真的，很勇敢哪。”我活动五官，让自己的敬慕之情逼真点再逼真点。

“如果我说，那个情书，压根就不是我写的，你信吗？”

“啊？”我愣在原地，看着眼前的少年一点一点没入夕阳的阴影里。

多事之秋，隔天又传来邱恬转校的重磅消息。情书事件波及甚广，全年级都在议论纷纷，素来热衷八卦男明星的女生们也在课间八卦起这对班干部的桃色新闻。邱恬的家人担心女儿学习会受到影响，连夜办了转学手续。虽然校方一再挽留，但转校已是板上钉钉的事实。中午，邱恬出现在教室，手脚麻利地整理好所有东西，恋恋不舍地钻进出租车，绝尘而去。

高二六班的教室中央，陡然空了一个缺。阿一因为进步迅速，被班主任重新安排座位，填补了这个空缺。

“没想到就这么走了。”午饭时间，阿一一边大口进食，一边含糊感慨，“感觉刚从动物园回来没多久呢。”

是呀，同窗两年，好像一直没怎么正儿八经地和邱恬打过交道。更多时候，是像远观彼岸的风景那样，热切地却又是默默地注视着、欣赏着几乎全能的她——我们的美少女班长。还记得三月份去动物园春游，新开辟的山鸡场前人山人海，群情激昂，人们兴奋地抛掷吃食。邱恬的书包在混乱中，也被旁人阴差阳错地误抛了出去。包里装着班主任尚未批阅的月考卷，眼看山鸡们围啄书包，邱恬急得语带哭腔，“书包哇，书包里有月考卷！”我和阿一轻车熟路地跑到动物园的工具房，找来一根长柄铁钩，费了好大劲才把聚拢的山鸡群驱散，书包终于上钩了。“谢谢你。”沮丧的邱恬向我道谢。回想起来，和邱恬像样的当面交流只有这句“谢谢你”。可惜书包里的月考卷子还是毁了，班主任闻讯赶回山鸡场，冲底下的山鸡作势抹了一把脖子，扬言逮着机会就要扒了它们的皮。第二天上学，徐焕和邱恬从办公室捧回大摞作业本后，徐焕从抽屉里取出一个新书包送给邱恬。阿一像个怨妇冲我使眼色抱怨，“真讨厌，凭什么他们老是黏在一块儿？”我也有点气急败坏，“那你也去当学习委员哪”。阿一不知道的是，在我的抽屉里也躺着一个新书包，打算送给邱恬的……

旧事重提，往往伴着戏谑。“是呀，真是被那群山鸡给坑惨了。后来不得不重新月考一次，短短一周时间里，我们却考了两次月考，也算是高中时代的奇闻了。”我啃着鸡腿追忆着，对那个阳春三月仍心有余悸。

邱恬的离开，促成了徐焕的回归。一来，情书事件转淡了；二来，徐焕确实够优秀，堪当大任。就这样，徐焕成了新班长，阿一成了学习委员。当初的戏言总算成真了，但因为时移世易的变故，成了一出苍凉的喜剧。电影里，这样的桥段屡见不鲜，主人公处心积虑登顶，才发现山顶上不过是一片与平地无异的淡然景致。至于当初促使主人公攀登的那个目标，早已消失不见。

阿一苦笑着上任了，和徐焕出双入对。

“唉，后悔莫及。”再在一起玩，阿一没少抱怨班干部工作的琐碎，不胜其烦，“也不知道邱恬、徐焕这些人是怎么坚持下来的。”

“作吧你就，当初你拼死拼活地用功，不就是为了功成名就的这天吗？”我揶揄道。

“去你的，你还不晓得我的原始动机呀？”阿一长吁一口气，望向天边，像在追忆某个故人，“这不，周末还要回学校，要出元旦节的黑板报，全年级要评比的。”

“为人民服务嘛。”我搡了一把阿一，继续调侃。

“那你也一起跟我为人民服务吧。”阿一话锋一转，没等我反应过来就跑远了，“就这么定了哈。”

没头没脑地误上贼船，只能打落牙齿和血吞。这还不算，你还得强颜欢笑，任劳任怨。也是因为一直闲散惯了吧，从小到大，班干部这种头衔铁定和我绝缘的，独来独往，做好自己的分内事就万事大吉了。阿一曾戏称我是雌性猫科动物，被我痛打了一顿，“因为雌性猫科动物都是单独狩猎、单独哺育后代。养大后代后，依然是独来独往的。”事后想想，不无道理。

头一遭和班干部一起开展班级工作，因此得见徐焕娴熟的指挥才干，所有工作都被他安排得井井有条。从打底图到上色再到誊抄文章，一面不大的板报却也耗费了我们一天的时间。落日余晖打进来，细密的粉尘在日光里翻涌，周末的校园暮气沉沉，一如日渐老败的动物园。

“我要休息一下了。”出完板报后，要将所有课桌归位，我临阵脱逃，留下徐焕和阿一在教室里继续苦干。课桌椅哗啦啦的挪移声，俨然金戈铁马一般。

“等等，掉东西了。”说完徐焕蹲下身去，阿一趁势放下课桌的那头，“喂，好了没！捡元宝哪，捡这么久？”徐焕的脑袋迟迟没从课桌那头伸出来，阿一有些猴急，凑过去一探究竟，登时倒抽了一口凉气。

毫无预兆地，教室死寂如潭，我察觉出异样，转身走进去。只见徐焕手里捏着一沓草稿纸，阿一晾在一边早已面如土色，说话声吞吞吐吐：“这个……这个……我写着玩儿的。”

我抢过稿纸，每一张都是一封未完的情书，的确是情书的练笔，写着玩的。

“对不起。”阿一突然道歉，我一时间摸不着头脑。剩下徐焕仍是一脸平静，到底是一班之长，见惯大风大浪、处变不惊的魄力岂是我这等平头百姓可以企及的，“那封情书是我写的，害你背了黑锅。”

“啊？！”阿一的自白让我目瞪口呆，反观徐焕依旧平静如水。

“上次参观动物园，邱恬的书包不是被人丢到山鸡场了嘛。打捞上来的时候，我看到一把钥匙就要滑出书包了，便伸手把它握住，先装进裤袋里。哪知一放就是一天，到夜里我才发现裤袋里的钥匙，上面用不干胶标注着‘309’的数字。我立刻明白了，这不就是班主任办公室的钥匙嘛。第二天上学前，我抱着好玩的心理偷配了一把。可是因为看到你每天和邱恬在一起，有点妒忌，就琢磨着搞个什么恶作剧好让你跌个跟头。于是就向你借了笔记、试卷以及好多习题集，其实只是想找出情书里面需要的字。花了一个多月吧，总算凑够一封情书的字数，又花了一个多月练习。你看到的这些就是我练习的半成品，终于以你的笔迹写出能够以假乱真的徐焕给邱恬的一封信。”阿一对着徐焕忏悔，俄顷又把头扭向我，“然后就是你十七岁生日。前一天正好月考完，我自知考得一塌糊涂，谁知道班主任放学前又说要开家长会，真是雪上加霜。你不知道上次开完家长会，我妈拿晾衣架打了我一晚上，第二天疼得我不敢沾凳。于是我趁放学后，溜回教学楼，用偷配的钥匙打开办公室门，找到自己的月考卷，又找到徐焕的答卷。所以喽，什么‘进步神速’，只有我自己知道内情。”听到这里，我傻眼了。假如被老妈得知这一内幕，她还会不会每周末风雨无阻地拉上我去城北寺庙进香？

“其实做贼不但心虚，还会上瘾呢。后来就更加没心思温书听课了，即使考试也是无所谓答对答错，反正放学后天一黑，我就有涂改回来的机会。每一次涂抹都很开心，又很害怕，也正因为过程刺激紧张，才会成瘾吧。有一次修改完答案，准备把徐焕的卷子放回去时，看到边上一叠还没批阅的作业本，便把那封情书夹到邱恬的本子里，所以喽，就有了后来的情书风波。不过现在想想，好像挺无聊的，弄虚作假久了连自己也会忘了其实自己什么都不会，什么都不懂，而且提心吊胆地掩饰自己什么都不会、什么都不懂也蛮无聊的。好在今天说出了真相，感觉终于从悬空状态回到了地面上，我也要正儿八经地开始用功了。”阿一恐高，小时候一块儿翻墙出去玩，站到墙头上的阿一总伴有头晕耳鸣的轻微症状，以至于他向长颈鹿看齐。所以动物园一众活物中，阿一最中意长颈鹿。“既能脚踏实地，又有悬浮在半空的效果，真是了不起的构造”，这是阿一当年获奖的观察日记中的结束语。

这一番陈述，作为旁观者的我，自觉惊心动魄；作为当事人双方，满脸歉意的阿一一边体会陈述完毕的余韵，一边把目光怯怯地投向徐焕。徐焕自始至终一张扑克脸，让我心生佩服。

良久，徐焕浅笑一声，开口了：“我知道那封情书是有人嫁祸于我，至于是谁，都无所谓。嫁祸也好，反正是对我违背诚实的惩罚吧。很小的时候，我妈就说过，不诚实的孩子会受到惩罚。我妈在我四岁那年，因为胃癌死掉了。我记得当时我妈的脸色就已经很不好了，可我还一天到晚缠着她，去这里跑那里。有次从动物园回来以后，我妈就直接被送进了重症病房。后来病情一再恶化，始终没有好转，还没等到我五岁，她就死掉了。好像从那时开始吧，我明白了何谓丧亲之痛。等我七八岁的时候，有一天突然发现妈妈的照片因为受潮开始变黄，急得哇哇哭了一下午呢。之后便没有再哭了，因为我找到了保留妈妈存在过的证据的方法，就是立志成为杰出的人，成为那种当周围的人看到我时不是称赞我，而是称赞妈妈的人。从上小学开始我就是第一名，再是初中，直到现在。动物园那次，邱恬的书包掉到山鸡场，试卷全都毁了，之后不得不重新考一次月考。其实……那个书包是我故意扔下去的。”

这下换阿一瞪大了眼，难以置信。

“当时我就贴着邱恬站。因为游客众多，我趁乱就把那包试卷丢了下去，心想应该能毁掉那份该死的答卷了。那次月考考完，我就觉得自己没考好，提心吊胆一直伺机寻找扭转局面的机会。”

鼓起勇气作歹的背后是一颗不想失败的怯懦的心。

“所以喽，也许是报应吧，不知怎么搞的，飞来一封情书。哎，三千字的检查。每年春天我都会去动物园，那里有关于妈妈的回忆。每次到动物园我都好像能感到她的存在，于是把近况娓娓道出，告诉她，我一直很努力，想成为一个让大家记得妈妈的杰出的人。”徐焕顿了顿，“所以，阿一我不怪你，反而要谢谢你，因为情书事件，让我反省。”记得老妈第一次拽我上城北寺庙进香的那天，回来的路上经过动物园，车窗外闪过一个很像徐焕的少年，这样看来，就是他无疑了。

真没想到，一直可望而不可即的“第一名”背后隐藏着这般纠葛。“神一般的存在”，其内里也不过是一颗寻常人的心，贪、嗔、痴，七情六欲如是观。

原来如此。

大周末傍晚，隔壁邻居家的孩子在看六点档的日本动漫，伴随着激斗开始，电视声以一种爆炸的强度传过来。

“有点吵。”我搁下课本，抱怨道。

“嗯？等等啊。”老妈往我房间里探了探，接着听到她穿鞋出门的动静，很快隔壁的电视声低了下来。不知不觉间，以前漫不经心的一切都变得有所谓起来。“进步神速”“永远的第一名”如果是神话，也变成了有温度的神话。阿一也好，徐焕也罢，他们都不过是我的假想敌而已。理想代替了幻想，想要努力，好好用功的念想破土而出，一如当初被某个不负责任的学姐所恐吓，也或许是自己心智未熟而萌发的“想要当大熊猫”的志向。只不过这一次，好像实现的可能性大得多，大很多！

一连几天，老妈都赋闲在家。我好奇，问：“怎么不出门打牌啦？”

“还不是那个阿一！据说成绩下滑了不少，急得他妈连牌都不玩啦，整天在家陪着儿子。不过听街坊说，阿一玩心收了不少，从前像猴子一样野，现在呢一有空就在家看书做题。在这点上，你要多多向阿一学习。另外，动物园要拆掉重建了，据说要扩大规模，是现在的两倍呢。阿一他妈又不服老，白天跑回去兼职了。”

动物园爆破那天，全城出动，人们像去观看除夕夜的新年烟火大会一样，均是盛装加身。刚结束高三一模的我和阿一还有徐焕也混迹在人群中，翘首期待。

“喂，还记得不？”阿一杵了杵我。

“啊？什么？”我不解其意。

“说好的教师节礼物。”阿一只好把话挑明，一脸的无奈。

“哦哦。”我恍悟。

“搞什么呢？”语焉不详的对谈激发了徐焕的好奇心。

“是阿一的提议，说是去动物园手刃那群糟蹋掉月考卷的山鸡们，抓起来送给班主任作教师节礼物。”

“好！”徐焕满口答应，一如当初的我。

“轰——”伴着巨响，爆破尘烟慢腾腾飞升，宛如一朵壮硕的蘑菇云拔地而起。有一瞬，云块一动不动，如同《格列佛游记》中的飞岛，沉甸甸地笼罩在城市上方，方圆几十里的地面一律被染成了灰色。稍事停顿后，快速升腾，在天际聚拢又扩散，变成一团形似山鸡摆尾的云。可阿一偏说那云有点像邱恬的脸，免不了被我和徐焕一顿揍……

橄榄纪事

⏭ 文/封雷

那些细碎的雨滴，浸润着冷而湿润的空气。因为太轻盈的缘故，简直感觉不到它们在下落，只是感觉它们在飘着，飘着，和这个秋天的尾巴混合起来，糅成一体。在这样的雨雾中，有欢喜，有悲哀，有更多的复杂得无法言说的情感。我多希望能把它们全部描绘出来，哪怕要用尽我全部的语言，倾尽我所有的力量……

李腾站在监墙哨位上，细小的雨珠落满了他的橄榄绿色的冬常服。他没有理会，只是直挺挺地站着。在他的肩膀上有红色的肩章，上面绘着的金色的图案是道粗拐和交错叠放的枪与镰刀。这是一名二期士官，在武警部队服役已经八年了。八年，是段不长也不短的岁月，放在整个的人生长度中，不过是一小段，但放在情感里、记忆里，这也许就是李腾一生当中最重要的时光了。从他当兵的那一天起，直到现在，每一天都在他身上烙下了深刻的印记，在他脑海里留下了鲜明的画面，改变着他的品质，塑造着他的灵魂。何况，这八年，不在别的时期，恰恰在他最宝贵的青春年华。

李腾是十六岁时当的兵。他家在小镇里，是个足以温饱，却怎么样都算不上富裕的普通家庭。家里只有李腾一个孩子，家人宠他爱他，希望他好好读书考上好的大学。但李腾并没有那个心思，数理化不太会算，语英史也不很能写，高考才刚刚过三本线。父母愿意出钱让他上，可李腾自己却不愿意了。对他而言，高中已经像个囚笼，他好不容易出了笼子，不想再换一间更大的。何况家里也并不富裕，拿不出闲钱来让他荒废四年时光。母亲开始念叨，说他不读书以后能做什么，他半赌气半认真地报名参军。

“哨兵同志，下哨时间已到，请交班。”

“请接班。”

李腾和韦灵杰交接了哨位。韦灵杰是个新兵，李腾看着韦灵杰，觉得他有些像过去的自己，又有些不太像。

韦灵杰站在哨位上，身子挺得很正，仿佛把每一块肌肉都用力绷紧，显得有些僵硬。但是没过一会儿，他的这种挺直就坚持不住了，身子有了些晃动。他调整了一下姿势，想了想，又调整了一下姿势，再重新站定，身体又挺拔了起来。又过了一会儿，他嘴唇翕动着，似乎是想唱歌，但没发出声音，大概是记起了哨位纪律有过规定，在哨位上是不能唱歌的。他只好怔怔地看着前方，像是在思索着些什么。

雨略微变大了。

那些雨滴在下落时被拉成了细细长长的雨线，坠落到地面时，又变成晶莹的雨珠。但只是一瞬，便碎裂开来，四散飞去，然后再和别的透亮温润的碎片汇聚在一起，渐渐地，形成小堆的水洼。韦灵杰看雨变大了，就撑开了哨位上的立式大伞。雨滴敲击伞面时，发出轻柔而又延绵不绝的响声，是人们难解其意的诗歌。又是这样的雨天，韦灵杰想。

他本不想理会，但一呼吸，那温润的空气便挟裹着细碎的雨滴渗透进他的肺腑，贯穿他的心胸，激发他的思绪，勾起他记忆里最深刻的那一部分。

“橙子，我觉得还是应该告诉你……”

“你要当兵，对吧？”那个叫橙子的女孩儿打断了韦灵杰，“我早就从别人那儿听说了。”

“你知道了？”韦灵杰略有些惊诧。

“早就知道了。看表情就知道了，看行为就知道了，整天一副心事重重的样子，也只有你自己以为你还装得挺正常，哪里瞒得过别人的眼？我一问你那几个朋友，他们就都向我说了。”橙子没好气地说。

“橙子，你别生气，我当兵是因为……”韦灵杰忙着解释。

“我生气不是因为你当兵，而是因为你现在才告诉我。你要不瞒着我，好好对我说，难道我不能谅解你吗？”橙子又打断了韦灵杰。

“抱歉。”韦灵杰低下头来。

气氛仿佛随着他的这一低头也跟着低落下来，两人相对无言。沉默间，相异的情绪开始发酵。韦灵杰愧疚，且懊悔，看着橙子的眼，是要通过视线将这种道歉传达出去。

良久，橙子忽然笑起来，凝重的气氛碎裂了。在韦灵杰讶异的目光中，橙子温情地说：“去吧，我会等你的。”

韦灵杰笑了，却又有些感动得想哭。眼泪和咽泣声是没有的，他只是伸出手，轻轻地将橙子搂入怀中。此时已经没有了更多的语言，有的只是相拥，只是把温暖的感觉与彼此分享，只是用片刻的欢愉，去给对方勇气，来面对接下来的长久的分别。

这个故事并非大团圆结局。三个月后，韦灵杰在中队收到了橙子的来信。韦灵杰收到信的时候满脸欢喜，拆开信阅读起来，读一行，情绪就降下去一分，到最后，笑容已没有了，只有泪。视线已模糊了，泪掉落在信笺上，字迹也模糊了，一团一团蓝黑色的墨迹显得肮脏而绝望。韦灵杰模糊的大脑，已经记不起他读到了什么，唯一清晰的仅剩信笺底部的那句话——你也别等我了。

那一天，也下着这样的雨。韦灵杰拿着信走到雨里，薄薄的信纸很快被浸透了。韦灵杰的手一晃动，信就破了，那样无可挽回地破裂开来。韦灵杰拿着已被揉成一团的信纸回来时，没人分得清他脸上哪些是雨，哪些是泪。

或许，都是雨吧，是延绵不绝，冰冷彻骨的心雨。

或许，都是泪吧，是天空也被伤悲渲染，抑不住滴落下来的泪。

多么寒冷的冬天哪，冷得身体都颤抖了起来，冷得连内心都跟着摇晃。多么想走入温暖的地方啊，那个地方也许是没有风雨，开放着暖气的室内；也许是父母或恋人张开的臂膀弯曲聚成的港湾；也许是能逃避一切，酣梦一场的软软的被窝……但不能够，韦灵杰站在这里，没有离开哨位一步。这样的场景，明明是再寻常不过了，可不知为什么，这次我竟觉得看不下去。我转过身，默默地走开，步速缓慢，就像是时光流逝的那种缓慢——如果，时间真的能抚平一切伤痕的话。

我沿着墙，走到了接待室。指导员钟全刚刚送走客人。桌上摆着三杯茶，还在冒着腾腾热气。茶叶刚刚浸泡开来，舒展成很舒服的样子。只是茶这样的饮料，大多是闻起来馨香，喝起来苦涩吧。

指导员钟全是一名军校生，毕业后分配到这个中队，从排长到副中队长再到现在成为指导员，已经五年了。这个时间，比新兵韦灵杰长些，比士官李腾短些。他刚来的时候，满怀雄心壮志，后来接连发生一些事情，将他的雄心打磨去了一些，却也让他渐渐变得成熟了起来。成长就是这样，岁月逼迫你和它做交易，拿笑容来换皱纹，拿梦想来换现实。

现在的指导员改变了太多，这种改变不是指组织能力有了多大的增强，不是指条令条例背记得多熟，而是指他抛开了军校中为他描绘的那幅画面，真正用心去了解这个中队的情况，了解基层部队的规则。可从个人情感而言，我还是更喜欢他刚分配来时略带青涩的样子。那时他面带微笑，双眼中总是透露出好奇而又略带羞涩的目光，探测着视野内的一切。他的身上透露出一股隐忍着的活力，并不光彩夺目，却默默给人一种鼓舞。

茶叶浸透了，只剩两三片浮在水面上，其他都沉了下去。茶水的颜色从浅绿变成暗黄，热腾腾的水蒸气也已经散尽。我想，大概茶汁浸出来后，茶水已变得冰冷而又苦涩。没人再去喝这三杯茶，客人已经走了，剩下指导员默立着，在思考着什么，竟没有察觉我的到来。他和离开的客人之间，大抵讨论的话题不是太有趣，也许是岁月，也许是人生。

我没敢打扰指导员，便退了出来，往休息室走去。李腾曾向我说过，指导员是一个很有故事的人。这个故事里，有过反反复复分分合合的爱情，有过轰轰烈烈甘苦与共的友情，有过青云直上的梦，也有许多挫折。但是李腾不曾细说，我也只是隐约知道一点：指导员曾深爱过的一个女孩，如今嫁为人妇。那是家里安排的相亲，对方相貌平平，并无气质，绝非富翁，也不浪漫，说不上多差，但也不过是混在人群里，毫不出众的那一类人。指导员在读军校时有两个生死兄弟，一个文心雕龙，妙笔生花，已经进了机关；一个胸有城府，深谙世故，穿着军装却似乎在外面还做着些小生意，竟两边都混得如鱼得水。我想，命运是个说不清的东西。

冬风冰冷而凛冽，还不时发出磨刀一般的声音，吹在我脸上，真有些刀割的感觉。我并不是第一次体味这样的寒冷，但一时间，竟觉得彻骨，直至有些心慌。无论日历上怎么写的，我想，现在已经是冬天了吧。

休息室里，电视开着，李腾坐在木沙发上，大檐帽脱了下来，拿在手里。他的视线并没有聚焦在屏幕上，而是会聚在手里大檐帽的国徽上。他的嘴角有淡淡的微笑，眼神里，却掩饰不住伤悲。

再过几天他就要退伍了。

李腾是十六岁那年当的兵。在他当兵的那一天，父母都来送他。在去车站的那一路上，母亲给了他许多叮嘱，他不耐烦地嫌母亲唠叨，母亲突然就闭嘴了。李腾一愣，但没再理会。良久，父亲开口说：“等你当兵以后，再想听母亲这么唠叨，就很难了。”

听到这句话，李腾忽然就涌出泪来，打破了死倔的眼神。

到部队以后，李腾就放下了所有叛逆，经常和家里书信往来。他往家里寄的那些信我都知道，报喜不报忧，部队的人都有这样的习惯。

现在的李腾二十几岁，还年轻。退伍之后，他能领到一笔钱，回到家乡用这笔钱做点小生意，或者把钱存起来再找份工作，都是不错的选择。虽然他现在充满了不舍，我也同样舍不得他，但我相信，他会有个幸福的未来。在那个未来，不再有这抹橄榄绿色，但会有更多鲜艳的色彩；不再有这份纯粹的战友情，但会有同样动人的亲情、爱情、友情。

一想到这里，我便替他感到欣慰起来，似乎这冷空气中进驻了一丝温暖。我往李腾身边走去，想给他些宽慰……

忽然，外面传来了嘈杂声。我转过身，想去察看。李腾也回过神，站起来，往外走。在我们刚走到门口时，突然传来了一记尖锐的响声！这响声划破了寒风，比寒冷更为深刻地贯入我们耳里。这声音我再熟悉不过，可几年来我还是初次在今天这样的情况下听到它。

是枪声！

今天没有打靶，枪响了，也就是出事了。我和李腾飞快地往声音传来的方向跑去。那个方向，是监墙哨。以前虽未眼见，但也能猜到是什么样的事情，可能是犯人越狱。哨位上有规定，遇犯人越狱，先口头警告，然后鸣枪警告，哨位上的八一步枪里装填的是空爆弹，无致命性杀伤力，实弹在安全弹药箱内。韦灵杰刚才应该是……来不及多想了。

三名犯人。眼前的这一幕里，韦灵杰用步枪上的刺刀拨落了一名犯人手上的匕首。另一名犯人持刀上前，刺伤了韦灵杰的左臂。韦灵杰低吼一声，手因疼痛再拿不住手上的步枪，那名犯人趁势上前，举起了刀……

李腾一个箭步上前，抓腕砸肘，把持刀犯人击倒在地。另一个犯人捡起了匕首，向李腾刺去。一瞬间，鲜红的牡丹在李腾胸间绽放……

不。

我发了疯一般向前扑去，咬住了那个犯人的小腿。那个犯人松开了匕首，双手合拢砸向了我的头部。我没理会，不松口。另一名徒手的犯人用脚猛踢我的肚子，我没理会，不松口。我脑子里一片空白，什么都不能思考。我眼里看到的景象被蒙上了红色，我不知道那是因为双眼充血还是整个的视野都注入了仇恨。我耳朵里只能听到犯人的叫骂，他们说：“疯狗！滚开！”

我只是死死地咬着，不松口。我感到一阵晕眩，恍惚间，浑身的力气都被抽走了。咚，传来这样的声音，我不知道是看到的还是听到的，或是什么玄妙的心灵上的感应，总之一幅画面映现在我脑海里：李腾倒下了，他的双手紧握着胸前的匕首，想拔出来，却无力。咚，我知道自己也瘫倒在了地上。我已经浑身疲乏，但剩下最后的力量，我全部用在了牙齿上，死死咬着，不松口。我听到韦灵杰一声悲切的喊叫，那叫声和风的呼啸混杂在一起，在整个天地间回荡着，比冬天更寒冷、更悲切。

我看到指导员带着人把这里围了起来，心情忽然就轻松了。他来了，犯人就跑不掉了。

我松开了口，最后一丝力量也随之消散。我想转过头去看看李腾，但连扭头的力气都没有了。我想，要是他在闭眼前看到指导员来了的话，那么他一定和现在的我一样，在微笑，因为他知道犯人跑不掉了。可惜我已经没有办法再做一次确认。我希望他离开的时候是没有遗憾的。

遗憾，可能还是会有些吧，本来再过几天他就退伍了。

我不知道我是在哪儿出生的。当我有记忆的时候，就已经在这里了。在我还小的时候，李腾刚刚转成士官，那时他欢天喜地地摸着我的头说，要在部队好好干下去，也不知道他是在对我说还是自言自语。我最喜欢的就是趴在他的膝盖上，听他讲故事。关于他自己的，关于其他人的，还有关于英雄模范的。这次的故事是关于我们自己的，哈，竟然还是英勇壮烈的结局。对于一个军人来说，也许这就是最光荣的归宿了。而我，虽然算不上一名军人，但也是一只军犬呀！

有什么东西，夹着细雨一起，落在了我的身上。是雪吧？今年的雪，竟然这么早就来了。可我没感觉到寒冷，只感觉到它覆盖在身上，好轻，好柔。后来，连这轻微的触感也渐渐消失了。我感觉整个世界都被剥离了出去，只剩下虚无，连黑暗都不复存在的彻底的虚无。

我听到的最后的声音，就是韦灵杰的那声哀号；我看到的最后的画面，就是指导员带人把这里包围起来的场景。但是当一切都消退，过去的种种又像电影一般在我脑海里放映起来。那一幕幕亲切的图景里，充满了最鲜活也最鲜艳的橄榄绿。

Café

时光记得告诉你

⏭ 文 / 荣嘉奇

1

我上大学前收到一份特殊的礼物，那是一封信，写信人是我八年前的英语老师——刘老师。我翻看着那封信，时光哗啦一下就回到了八年前。

八年前，我上小学四年级。彼时我是个调皮能闹的孩子，那个时候刚刚开始学英语一年，我们已经换了两个英语老师了。

我最初是喜爱学英语的，可是由于第一个英语老师是我爸爸的同学，她总是叫我回答问题且对我要求格外严格，于是学英语的那股热情也就慢慢地没了。

四年级换了一个温柔的英语老师，我们叫她石老师。我特别喜欢她，于是重拾学英语的热情。

可是好景不长，石老师没教我们多久，学校就又给我们安排了一个实习老师。

说到这里，你应该就明白了，这个实习老师就是刘老师，我与她的交集也就是在这时开始的。

刘老师很年轻，刚刚大学毕业，没有教学经验，说话很温柔，不会发脾气，所以我们都不怕她，她也管不住我们。

四年级的学生都是很调皮捣蛋的主儿，加上刘老师年轻，对我们没有威慑力，所以她的课堂总是最乱的。

我记得有一次英语课，刘老师在黑板上板书英语句子并翻译，我和同桌坐在下面一边嗑瓜子一边聊天。说到开心处，我俩一起哈哈大笑，全然不理会我们是在上课。

刘老师就是在这个时候停下来的。她站在讲台上，一句话也不说，静静地注视着班里的每一位同学，然后，将矛头指向了我。

她说："苏佳琪同学，请你不要嗑瓜子讲话了，否则请你出去。"

我抬头看她，便没了话语，老老实实地吐掉了嘴里的瓜子壳。班里有了短暂的安静，她便继续上课了。

过了一会儿，班里又响起了嗑瓜子的声音，刘老师连头都没有回，直接喊："苏佳琪，请你出去！"

我愣了足足有三秒钟。

其实瓜子不是我嗑的，我再怎么调皮爱玩也不会公然和老师作对。事实上瓜子是我后面的男同学嗑的，只是老师就认准是我嗑的了。

我站起来理直气壮地说："瓜子不是我嗑的，我为什么要出去？"

那是刘老师第一次在班里发火，她说："苏佳琪，今天要么是你出去，要么是我出去，你自己选吧。"

我恶狠狠地看着她，踢了椅子便走了出去。

刚一出教室门我就哭了。其实我苏佳琪不是坏女孩，我只是比别的女孩调皮能闹了一点儿，但这并不是老师错怪我的理由哇。

其实一个小学四年级的孩子是很脆弱的。她的羞耻心在左右着她所有的行为举止，她再没心没肺也是会在乎自己的面子的。何况被别人误解和错怪而不能解释是一件很痛苦的事情。

2

那件事后来不了了之，而我却像变了一个人一样，每到英语课我总是最能扰乱课堂秩序的一个人。

后来有一节英语课，刘老师讲错了一个句子，我坐在下面大声起哄，说："你没有文化来教什么学生啊？你知不知道你这是误人子弟！我要让石老师回来教我们，我不想听你的课了！"

班里一些同学也开始跟着我起哄，大家高喊着换英语老师，刘老师在一片混乱中哭了。

等到她哭着跑出教室的时候，我们似乎认为我们成功了，一点愧疚的感觉都没有。

班里的同学们给校长写了一封联名信，集体要求四年级三班更换英语老师。班主任知道这件事以后大发雷霆，将我们狠批一顿。

其实刘老师也比我们大不了多少，她不过是一个孩子，一个刚刚大学毕业初出茅庐的孩子。她还没有见识过社会的复杂和人心的狡诈，更没有想过我们这一群孩子有多淘气。她以最单纯的心来对待我们，却被我们毫不留情地践踏。

多年以后，我再想起自己当初的所作所为，觉得幼稚至极，可笑至极，我们就那样伤害了一个只比我们大十岁的姐姐。

只是当我长大后，才会想，如果换作是我，当初被一群孩子欺负和讨厌，我是不是也会半夜一个人偷偷躲在被子里哭泣，然后白天肿着眼睛面带微笑地去上课呢？

3

三个月的实习期满，刘老师就要走了。临走前的最后一堂课她给我们讲了好多好多的故事。

讲她的家庭，她的成长，她的大学。她说："我不想以一个老师的身份站在这里跟你们讲话，我只想以一个姐姐的身份来告诉你们一些道理。你们现在还小，一定要从小就立下鸿志好好学习，这样才能让你们的未来更美好。我刚刚大学毕业，我可以很负责地告诉你们，人生中最美好的时光就是上学的时光。因为学生时代是最单纯的时代，你们可以学到知识，交到好朋友。而当你们毕业了，踏上社会，就会被工作、人际关系、生活等一连串的砝码压得喘不过气来。”

她说：“我知道我不是一个优秀的老师，我的身上还有很多的缺点和不足，但能认识你们这些可爱的孩子我很高兴。我希望你们以后能跟着石老师好好学习。希望你们的英语都能越学越好。”

说到最后，她就哭了，我们坐在下面也哭了。她说她不怪我们之前针对她扰乱她的课堂，她说是她自己没有做到一个好老师应该做的事情。

我在课堂上给她写了一封信，向她道歉，解释我这三个月来幼稚的行为，以及对她造成的伤害。

下课的时候我将信折好递给她，她看着我笑了。

我突然就抑制不住地想哭，然后赶紧转身离开。

4

后来刘老师离开前给了我一封回信，那是她给我写的第一封信。她站在班级门口等我，眼睛依旧是红肿的。

她在信里说——

佳琪：

你好，很高兴你能给我写这样一封真诚的信，其实我从来没有怪过你，相反我应该为我错怪你而向你道歉。

我昨晚一夜没睡，反复思考自己是不是对你们要求太苛刻了。毕竟你们还是孩子，我不应该拿大人的标准来衡量你们。

我知道你是一个好孩子，以后，希望你能更努力。你很聪明，一定要好好学习英语。英语在以后的社会中会越来越重要。

我一直很相信的一句话叫作“笨鸟先飞早入林”。你虽然不是笨鸟，但比别人早点努力总是没错的。相信你的未来会很美好。

……

那封信很长很长，我看了二十分钟，哭了一节课。

后来我在街上偶遇过刘老师一次，但因为离得太远，也就没有搭话。她的样子一点没变，皮肤白皙，长长的头发扎成一个乖巧的马尾。

我就那样远远地看着，各种感受在心头。

我从别人那里听说她最后去了一家企业当文秘，再没有做英语老师，而我和她的联系也止于那年夏天她实习期满。

5

多年以后，我收到了刘老师的第二封信，是在我上大学临走前。

当我再回想起她曾说教师是她认为的最光辉的职业时，我不知道她还记不记得她当初的那个做老师的梦想。

而我，却在多年后的今天毅然决然地选择了英语专业。那是我的梦想，如今我总算给了自己一个交代也给了她一个交代。

其实刘老师她不知道，正是因为那年夏天她对我说的那些话才改变了我的整个人生。从那以后，我再也没有嘲笑过任何一个老师，再也没在课堂上捣过一次乱。

因为我深深地记得我曾经用自己的幼稚伤害了一个善良的老师，我记得她那晶莹剔透的眼泪大滴大滴掉下来的样子。

还有那封留着泪痕的对我充满希冀的信。

转眼间时光倏忽八年，曾经的点滴还历历在目。亲爱的刘老师，如果时光还记得，就请它帮我告诉你：再见，我爱你。

即使我不是你最优秀的学生，但你是我永远的老师。

再见了，老师，我一个人在异地求学的日子会记得你当初告诫我的那些话，会好好努力。也请你好好照顾自己，我是真的爱你。

如果我忘记了，就让时光告诉你，我爱你，我们会再见的。

PART 4

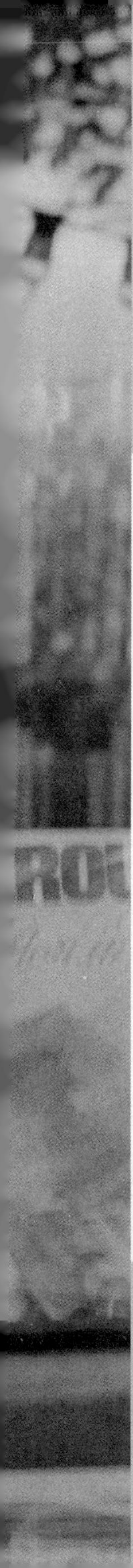

水风清　晚霞明

无与伦比的美丽

⏭ 文 / 李乐

那夜我梦见一只蝶，就是庄周梦见的那只。

它吻醒我的时候，我发现自己已经躺在开往昆明的列车上了。这是个明媚的早晨，对我而言，每个明媚的早晨都像少女一样，于是它的到来让我欢欣不已。

我打开我的碎花簿，思忖之际那只蝶飞来停在我的笔尖，扑扇双翼，试探平衡。

忽然之间，我分不清到底是自己的错觉，还是吻我的那只蝶真的存在过。

时间

有时候期待时间快行，有时候希望它慢走，有时候真不知道它是快些走好还是慢些行好。往往如此难以评判的时候，时间它自己的抉择是最公平最准确的。

——2013.4.23 列车上

想念

有人想回家，有人想出走。于是火车既是逃离者的鸿渠，又是归乡者的福祉。

——2013.4.23 列车上

我的手只是个执笔的工具，写完这两段话，蝴蝶就飞走了。飞到我的脑后，飞到我眼睛见不到的地方，我猜一定是悄悄躲进了我的脑袋。

列车停稳的时候，我还不够清醒。关一把将我甩出车外，甩到阳光下，太阳就像刷亮的锅心，白得有些灼眼。我们去滇池吹了一中午的杂味的风，找到五条翻着白肚皮的鱼的尸体，看到油绿的水苔漫到岸边，观了几局老人麻将，在尘土四溢暗无天日的工地上我们终于决定往回走。路过云南民族村就顺道溜进去了，去了不如不去。昆明这个春城给我的感觉，就像在我最清醒的时候骂得我云里雾里，却又在我迷糊的时候甩了我一巴掌，让我清醒过来。

捕风捉影

虚空的虚空，虚空的虚空，凡事都是虚空，人在日光之下所行的事都是虚空，都是捕风。（《传道书》第一章）

——2013.4.24 昆明

在昆明开往大理的列车上，很巧我又遇见了那只蝶。

原来它未曾离开，是不是消失和离开根本就是两个概念呢？关，只有你知道我在问什么。

在硬座车厢内我们结识了三个女生。她们都很可爱，很谈得来，她们的出现粉碎了我对陌生者的防备心，于是我必须矫情地用一句诗来聊表心情，“与君初相识”。可是整个车行时段，我只记得欣说的那一句话，“人不可貌相”。当时真想一头撞死在她们的扑克牌上。在火车站送她们上了8路公交去南诏古城后，我和关就彻底成了清晨大理市区的匪霸，一路高歌，好像整个大理都是我们的地盘。阳光掉在我们脸上，掉进我们的舌苔里。

白天的时间是属于三个男人的。关戴起仿20世纪二三十年代的那种圆溜溜的小墨镜，活像个转世阿炳。我恨不得给他一把二胡，让他席地而坐，来一曲《二泉映月》。珩穿了一件云南民族服，还嫌不够，又在洋人街买了一双草鞋，这样的扮相就是干完活的农夫初入闹街，招摇过市。我最正常，本分老实，除了在大理北门的时候一语道破天机，然后被三个陌生已婚女人从北门跟踪到22路公交车上，又从才村码头跟踪到观海亭，就这样我被跟踪了一下午，也被她们笑了一下午。用关的话说，三人行必有一贱人。那一刻面对洱海，我确实该投海自尽。

所谓来去

今天吃了云南特色小吃，饵块、米酥糕、烤乳扇、油炸洋芋，还有些叫不出名字的。味道各有特点，喜好也因人而异。南诏古城虽有“古”字，但其商业化程度并不逊于凤凰古城。恰巧碰上人山人海，悻悻而归，便去了才村码头。洱海从脚边铺展到眼睛的极限，洁净如洗，碧如翡翠，苍山拥之，相得益彰。我说若不得生于此地，死于斯也是无憾的。风有情意，得知我终须离开，便将我的帽子吹入洱海之中，沉入深底。我该感谢，它让我的一部分留下了，得以印证我的来，亦得以宽慰我的去。

——2013.4.25 大理

晚上住入客栈，一只黑猫，一条黑狗，尾房。关说兆头不好，我不信。于是锁上门，各干各事。忽然门就自己吱呀地打开了，外面除了一阵冷风什么都没有。我跟关吓得连声高叫，音调一度高过E4。还好，原来是那只蝶，它来与我道晚安。

夜晚的时间是属于男女的，于是我们和火车上遇见的她们会合。月亮很白，圆得像个大糍粑。我们一起在古城逛了夜市，状态游离，于是大家干脆一屁股坐在咖啡馆聊起天来，敲定第二天去洱海单车环湖游。

戒贪

我想，萍水相逢的人是上辈子未了的缘。虽有缘一面，但彼此须坦诚相顾，直至终点互道再见，不可有些微的贪慕。因为缘尽于此，若再贪心，便是罪孽。

——2013.4.25 大理

臆想

有时候花尽心思喜欢的一个人却比不上某个点上出现的萍水相逢者。虽然都是自己内心构架出来的巨大臆想，但在某一瞬间比不上，是谁也不可反驳的事实。

——2013.4.25 大理

大理的阳光太暧昧，黏着我，与我有肌肤之亲。

于是我的皮肤呈现酱油色。

我想我是渐渐认识了那只蝴蝶。它每次的到来都让我觉得稳妥。像分开很久的老朋友，兴许话语不多，但从前的默契让两个躯体勾结在一起，于是不同于其他两个躯体。我与那只蝴蝶便是如此。

环洱海单车骑行恐怕是我这辈子最开心的事情了吧。关和璐永远骑在最前面，边骑边聊天，我喜欢他俩丢给我们的两个可爱的背影；琪永远骑在中间，不停车也能按快门，我喜欢她戴着墨镜认真按快门的样子；欣喜欢路边的风景，时停时走，我喜欢她迎风扬起的长发；我单车技术烂，只有停车、取相机、对焦、咔嚓按快门、收相机再追上他们，于是我总是垫底。可是这丝毫不影响我对他们背影的想象，如果有人在我们五人的背后抓拍一张，我想它一定能成为若干年后我们对青春缅怀的信物。我们从上鸡邑出发，穿过新邑，路过大林邑，骑到马久邑，一路碾过农家摊晒的豆物时发出噼里啪啦的声响，再也没有什么声响能比它更容易让人想到回归田园。第一次见到比拇指还粗的葱拥挤地在田里开出花来，第一次看见黝黑的鸳鸯出双入对，第一次看到美到不用后期处理的比视界还大的湖，第一次在如此良辰美景下我有了死在这儿的想法。

如果一个人拥有了这些，他还拥有一份完美的爱情，那他一定是个天妒的罪人。

幸好我不是罪人。

领悟

我是个在行走中有很多领悟的人，但终究我参透不了那些关于旅行的无意义的意义；我是个在两人世界中情商很高的人，但终究我理解不了那些关于爱情的不委屈的委屈。

——2013.4.26 洱海

火车在下午五点准时接我们去丽江。

三个女生在她们车厢认识了一个瑞士的老外，于是在出站口碰面时他很不合群地say hello。他一年有六个月独自在地球上空飞来飞去，金钱和时间我都不羡慕，我只羡慕他有颗敢于行走的心。原本想把这句话转告给他，可是我忽然尴尬地忘了“羡慕”这个单词怎么说。琪呜哇呜哇地跟他不断交谈，关把珩的帽子送给了他，他很开心，说我们五个可爱得像他的孩子。后来帮他拖箱子搭公交车转公交车，帮他找预订的客栈，真是累死了我和琪。我利用强大的方向感和同样强大的百度GPS定位，琪利用强大的英语和同样强大的普通话在老外和店面老板间不断咨询，终于在一条伸手不见五指的巷子里找到已经关门的Zhandisimen Inn。老外有无数个问题，琪耐心地逐一解答，那一刻我觉得擅长英语的琪就像一尊供奉在我心里的神。后来道别时，他拿出小费，我和琪在说出Good night后已经冲出门外。那时候我想，好心是买不到也付不起的。这里是中国，中国的青年都很好心。

回到悠然闲居客栈的时候已经深夜十一点，热心的老板带我们在古城内找到一家便宜的小吃店，于是第二天就睡了个自然醒。璐因为骑车瘫痪在客栈，所以欣和琪相伴开溜。我和关在麦当劳吃了午餐，璐去了肯德基，三天之后的下午我们又在必胜客吃了晚餐。用关的话说，丽江的小吃还不错哈。

我一直以为丽江古城最美的时候就是她睡着的时候。其实不是，是她躺下却没入睡的时候。凌晨挤在人潮里，酒吧迟迟不肯打烊，歌手放肆地嘶喊，干冰缭绕，人头攒动，随着节奏摇头摆腰，酒精混杂着荷尔蒙，欲望碰撞，凌晨的丽江就是名副其实的艳遇之都。可我怀着宁静的情绪看着别人热闹，这让我感到从未有过的安稳。

艳遇

一直以来我都无法抗拒深夜的丽江灯红酒绿的样子，走过酒吧街却不曾迈进一步，里面的气氛确实媚惑了我。一杯酒，一晚的歌，不要艳遇，心也会万般愉悦。

——2013.4.27 丽江

流水账

去了束河古镇，比想象中的小、安静、精致。不过同样都被商业化得面目全非。和那三个女生一起去了白沙古镇，欣拦了一辆顺风车。到达古镇的时间有点晚，稍逛一下便打道回府。白沙壁画因时间太晚关门了。这是辛苦的一天，但无时无刻不充溢着快乐，我想关和她们也是。对了，我们住在悠然闲居客栈，我喜欢那个老板，以及那只肥胖的贵宾犬。

——2013.4.27 丽江

一大早那只蝴蝶再次吻醒我。

在丽江北门买了早点。说实话百元一杯的咖啡我不心疼，但是三元一个的小包子确实刺痛了我，而且欣的包子没有馅儿直接变成馒头。忽然想起在大理的某个早晨我买了两个比脸还大的肉包子，咬了五六口还没见到馅儿于是就丢掉了，可不可以笼统地概括为云南的包子都是骗人的？后来发现骗人的不只是包子。

载我们去泸沽湖的司机我觉得很棒，他一直热情地跟乘客扯淡。十六年的驾龄全专注给了这条线路，用他自己的话说就是他闭着眼睛也能从丽江开到泸沽湖。车技没得说，于是一路超车，他总是笑嘻嘻地自夸是老大，见者减速靠边让道。看见他自得其乐，我为他开心，毕竟十六年的专注不是每个人都干得来的。他愉快地让我们在金沙江大拐弯处和千里走单骑的风景点停车留影。美好的时光总是不长。八个小时的车程让人憋得慌，于是我侧身扭头跟后排的关说了几句话。谁料到被他监视了，他操着难听的普通话开口就说，你们现在的90后，坐个车都要东倒西歪的……吃不了苦……你们没看到后面坐的全是老人家……让个座你们不懂啊……我管你是不是富二代官二代……要不是今儿我心情好，我早就……全车肃静，我转头，一人一座位，都坐得踏踏实实，全车两个老人就和关并排，可以说是非常好的位置了。忽然我就像个炸药包感到脾气在升温。可是我绝对不会和他吵起来，小人得志而已。我从后视镜细致观察了他，长着一副昨夜打牌输掉三块八毛五然后哭了一通宵的沮丧样，眼袋落到下巴，萎靡中却又藏着一股日本电影主角的气质。而且他是典型的孤独症患者，拉着副驾驶座上的乘客一路狂聊，害怕哪句话别人没搭上，他就要孤独至死。聊的都是些浮夸的东西，他肯定以为自夸的结果就是自己满脸贴满了荣光，他不知道除了粉刺、黑头和油渍外，脸上只有一张标签叫作倚老的羞耻。

琪太善良，停车时间她主动跟司机交谈。我站在车外听不见，只觉得那个司机很悲哀，虽然我也说不出到底悲哀在哪里。

恬不知耻

做人要懂得自我羞耻，不要别人来羞耻；做人要懂得自我可怜，不要别人来可怜。

——2013.4.28 泸沽湖

很快就到了里格，比想象中的美百倍。

为了找客栈，我们分头行动。欣说要去村后面找找看，我言辞微烈地说：“你要是走丢了怎么办，走丢了我又要去找你。”之后，关说那时的我变成了身宽体胖超级富有安全感的阿加西。很快我们找到摩梭人开的唯一一家客栈——扎西家。院中一只硕大的藏獒吓住了我，于是三个女生为我开路。在摩梭人的信仰中狗是神祇，不能追赶和挑衅。傍晚的时光总是缓慢的，厚重的云层不断压低，一块块像被烤焦的熏肉挂在头上，黑黄中又染了点蓝，浓烈得像一幅用笔大胆的油画。我知道一场雨蓄势待发，为我们的情绪合理地给出释放的出口。

次日六点半，五人相约划船看日出。欣几乎每天都吵着要看日出，却又对这次日出的景象深感遗憾。关把外套借给琪，璐问关冷不冷，关倒吸着鼻涕说还好还好，那一刻感动了我这个局外人。回到客栈一头扎进被窝里睡到自然醒。下午阳光很好、很软、很透，像从云朵的罅隙里掉下来的尘，掉落在我的皮肤上，有质地，却不痛不痒。我们五个人一起去划船。船家是个摩梭人，年过天命，常年晒在泸沽湖上，皮肤黝黑，用一把桨划起的波纹却成了脸上的皱痕。我们商讨好价钱，船家就愉快地带我们出航了。湖水太清澈，水下七八米都能看见招摇的水草。船家唱歌给我们听，湖上的摩梭人天生就有一副好嗓子，调子起得高，声音传得远，让我几乎开不了口接下去。我们一舟六人，零零散散坐着，船家说“太阳很好，我们晒晒太阳吧。”之后，就让船自己漂着，自己拿出十字绣埋头做手工去了。我在船头躺着，望着刺眼的蓝天白云，仿佛触手可及。在这个地方，我终于可以名利无争，可以以出世的姿态单纯享受自己最珍贵的偏好，这般美好竟让我忽然想哭。我告诉自己这个地方其实就是天堂。

晚饭时间，我终于下定决心不拖后腿，答应吃烤乳猪，虽然脑海顿时闪过千万个婴儿竞相哭泣的模样还是于心不忍。璐虽是女王，但是相当亲民，主动给我们烤肉片；我们一起喝了一坛苏里玛酒，涩涩的刚好润喉，度数不高刚好为晚上的篝火晚会添胆。

感觉太阳刚回笼，八点半就到了。关怕被摩梭美女挠手心，干脆坐在一旁看了一晚。起先我的羞涩作祟，后来还是加入了她们，牵我的是个本地小破孩跟一个女生，我的手心一直冰凉地冒汗。动作不如欣、璐、琪的好看，却笑得很开怀很合群。我知道明天就要和她们仨分开了，唯有今晚最为本质地袒露自己的开心，才对得起所谓最后的结局。游客与当地摩梭人对歌的时候，没有选中我去唱歌，可我早在内心想好了，如果选了我，我会唱什么。

离别前夜，我们五人斗地主画乌龟。璐花了后半辈子的人品只输了一只龟，开心得下巴掉到了床上；欣永远分不清敌我关系，游离状态下结仇无数；琪很单纯不得罪人，虽说牌运不佳可牌品还行，所以满手都是小小的迷你龟；至于关，全民公敌，可想而知；我呢，手臂黑得几乎看不清笔迹，也就无所谓了。

第二天我们要离开了。蝴蝶没有跟我走，而是留在了原地，一个不为外人所知的静谧之地。

那只蝴蝶

原来我一直闹嚷着丢掉的东西，就是那晚梦见的蝶。它是我的心脏，它是我的灵感，它是我的快乐，它是我的记忆。我没有带它走，我把它留在了泸沽湖，留在了彩云之南。

你愿意相信吗，每只蝴蝶都是从前一个人的鬼魂，回来寻找它自己。

——2013.4.29 泸沽湖

从泸沽湖回丽江的路上，差点出车祸，幸好我们都逃过一劫。也许只有我会认为，过了这一劫，我们都会回到最初的自己，忙碌在各种琐事中，在自己并不喜欢的事上慢慢烧完青春。而最近这几天出世的日子，像一场良辰美梦隔在那一劫的另一端，供我在余生眺望、回想、怀念。

璐，六爷，姥姥。笑起来的样子是我见过最亲切也最好看的；老是自称姐姐，却又跟我们两个小屁孩打成一片；喜欢当女王，却又喜欢胡打胡闹；人很好搭讪，性格全面，对美食和帅哥没有抵御能力，简直就是个没长大的九二年的小妹妹。

琪，小黑。特别友善，幽默，富有人情味；乐于助人，英语超级棒；笑起来的嘴角总能刚好翘起最幸福的弧度；聊天表情控，唱吧控。我跟关一致认为，琪的重要性在于五人一起时她是化合剂，催促欢乐的生长，缺其不可。

欣，阿欣。想法单纯，心地善良，善良到无可救药；帽子最透光，所以每次拍照时脸蛋最白；作为朋友，像一把万能钥匙，能解开和疗愈人的心事和创伤；因为人很简单，故而容易快乐；很想学习读心术，很想让自己变得会看人，无果之事；往往有最为细致和贴心的问候和关心，这样的特别，令人动容。

珩，崔。幸灾乐祸的男人；大度，大气；无底线。

关，关关。细致不猥琐；有内涵，帅气。

乐，小乐。一面傲娇孩子气，一面像大叔老气横秋。

时间像坐上了过山车，总是快得让人来不及尖叫。我们各怀目的地走在一起，经历之后又各自分离。日后回忆重叠的地方，叫作珍贵。

我会想念那些时光，想念你，你，你，你，你。当然我也会想念那只吻过我却终于留下的蝴蝶。

那晚在泸沽湖的篝火晚会上，如果那个摩梭长者拉我到篝火边去唱歌，我想我会唱——

你若担心你不能飞，你有我的蝴蝶；

我若担心我不能飞，我有你的草原。

你们就是我的草原。

PART 5

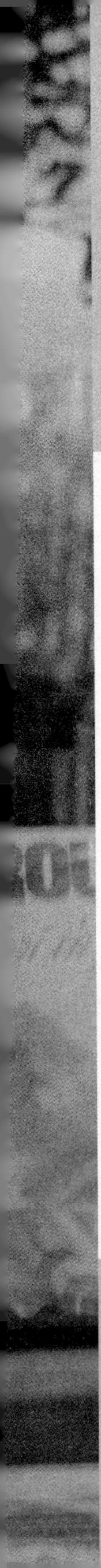

夕阳烟火 隔芦花

再见，莉莉安

⏭ 文 / 李林芳

突然之间，仿佛就进入盛夏，开始了一个又一个睡不醒的午后。身体还有酒后的酸痛，晕眩也是一阵紧似一阵地向头顶涌来。

宿舍里是少有的凌乱，箱子以及整理到一半的衣物在地上对我冷眼旁观。我挣扎着坐起，不知在哪个角落伸手够到一听雪碧，在汽水强烈的刺激之下我才清醒一些，才开始想起许多人、许多事。

我知道，这将是一个缓慢而无趣的故事。

它是我的四年，我的青春。也许，也是你的。

他叫江。

我一辈子也不会忘记那个傍晚，不会忘记那时他的笑脸。他突兀地出现在我家门口，逆着晚照，在我佯装镇定的眼中投射一抹高大的剪影。他的笑颜里，有夏日夕阳橘色的温暖，有门前香樟青翠的干净。

该如何形容那一瞬间的心情呢，仿佛一种顿悟，尘世间的许多事情都变得清晰明澈起来。他不知道我心里的波澜，我一向不是易激动易流露感情的人。那时的我亦是平静，没有紧张，甚至没有期待，只道是这世间原来还有这样一人能让我如此动心。

他会突然与我说话，我只是笑着答，而后不语。之后，他又与我交谈了几句，断断续续，无关痛痒。那是我们所有的交集。

随后的半年多，我们没有任何联系，甚至不知道彼此的姓名。于他而言，那时的我，只是他上司的朋友的女儿。

但是我知道，这个被我称作“江”的少年，是我此生难以解开的结。

只缘感君一回顾，使我思君朝与暮。

人世的命运没有人能预测，没有人能强求。我曾尝试过我所能想到的所有方法去寻找他，毫无结果。

我不能忘记他，也不曾幻想他。可是，命运让我抽到了上上签。

那是冬天，我裹着厚厚的围巾在寒风凛冽的街上埋头走路。

我记得那天穿着白色裙子，头发顺在耳后。江拍我的肩膀，温和的音色在耳边升腾起热气。

我惊得说不出话来，只得随他去说。说那日我家的狗狗多可爱，说那日我选的凉茶口味有点怪。

江记得半年前那个傍晚，关于我的点点滴滴，甚至是我自己都不曾留意的细节。就在那个冬日的街头，我们望着彼此冻得泛红的脸，笑得暖风洋溢。

良久之后，他问我：“你叫什么名字？”

我看着他漆黑的眼眸，似一潭明澈的水，再深邃，也可一眼望穿。他的心，和他的笑容一样干净。

我答非所问：“我叫你江，可以吗？”

他微笑着点头。

江，扬子江的江。家旁永恒流动的河流，给我水源，给我沙滩，给我晚风，给我夜里的汽笛，给我灵魂的安慰。

他叫戴默。

唇角始终带着微笑，一副对世界善良的模样。穿格子衬衫，戴黑框眼镜，本科读工科，内里却是个文艺胚子。

他说他想去大理开一家青年旅社。他的院落里会长满了花，阳光明媚、日光倾城，天空是刺眼的蓝。那里住着老板、老板娘和他们的孩子，还有一只胖黑猫。他就每天坐在透明的窗户旁，看着苍山的雪，和来自五湖四海的人聊天，分享别人的故事。

他说这话的时候已经喝了好多酒，仍然笑着，眼里却不再有往日的神采。我还记得那日，我们第一次见面。我坐在房间的角落，在满屋子人声鼎沸中盯着对面雪白的墙壁失神。他走到我面前，笑眼明亮，说："你好，我是戴默，你叫什么？"

我抬起眼，笑了一声，淡得几乎与背后的墙壁一个颜色。

我说："莉莉安。"

他仍是笑着点头，一副懂了的模样。他不知道，莉莉安，这古老而无趣的名字，仿佛一个苍老的妇人，在某个无聊的午后，在眼镜背后缓缓地抬起头。世事的流转对她而言，只是厚重镜片下泛黄书页上一列列转行的文字。再绮丽、再美好，都是别人的故事。

大家以毕业的理由聚会。我在角落坐着，看他们的欢腾。他们唱着欢乐的歌谣，没有人流泪，没有人感伤，仿佛就是当时我们初遇的模样。

他走到我身边，说："还记得我去年说过的话吗？"

那是去年六月，他说："莉莉安，我喜欢你。"我轻轻地笑。他是那么清醒又明白的人，他说："祝你和江幸福。"

戴默懂得分寸，就像他唇角的笑那样，永远是一个刚刚好的弧度。

他偶尔与我联系，在网络上。就像同学那样，问候，开开玩笑。别无其他。

秋天的时候他有了女朋友，一个面容平和沉静的女孩。没有乖僻的脾气，没有尖锐的性格，就像一朵雏菊，没有让人屏息的美，却让人不由得心生怜惜。

身边的朋友都说，你看戴默，并不是一个专情的人。

我明白，这世间没有谁值得谁守候一生。至少，我自知不是值得他如此的女子。所谓专情，所谓守候，所谓等待，不过是被爱者的自私。

戴默说："时光易逝，但我会记得那份心动。请允许我最后说一次，我喜欢你，莉莉安。"

我知道他没有醉。我说："你要对得起你女朋友，她会不开心。"

"我并没有对不起她。不开心，是她的事，我喜欢你，是我的事。"戴默说这话的时候，笑容里好像多了几分酒精的味道。

但他清醒着，他在网上转了一段话：

如果有想说的话，勇敢地说，对暗恋的人表白，对曾经争吵的朋友道歉。因为这一别，可能很久都不会再相见。

他叫许任。

他与我其他的朋友都不一样。他锋芒毕露，一不留心剑气都能伤人。

许任做什么都好。在那样的青春岁月里，如果不是我不喜欢他的傲慢，他应该也是一抹光亮的存在。

在很长一段时间里，我们应是互相看不惯的。我也是骄傲的人。那种骨子里的骄傲，就算我微笑、我沉默，当我看他的时候，他仍然能从我的眼睛里看到。

他说，优秀的人总是不能相容。我说，我不优秀，我谦卑地生活。

许任说他喜欢我的时候，我觉得他一定是在逗我。之后很久，我们都没有联系。路上见了面，也是如从前一般问候。

我总是善于维持表面的和平，用我的方式，无视，冷漠，或者淡然一笑。不生争执，成全我世界里的安静。

和他在一起是第二年的春天，他约我出去，很认真地表白。那一瞬间，我突然觉得那个傲慢的许任似乎也没有我想象中那么不可一世。

我们在一起三个月。在这短暂的时间里，他接触到一个任性而凌厉的莉莉安。我挑剔他的一点一滴，亦颠覆我往日对朋友微笑平和的形象。我像一个浑身长了刺的动物，他想宽容想保护，却在一次又一次的刺痛中消磨了耐心。

分手后的两年里，我们仍像朋友般问候。不亲密，不疏离。

有一天，许任喝了很多酒。他说："祝你和江幸福，如果人年轻的时候都会爱上几个混蛋的话，你就当我是那个混蛋吧。"

许任一直在说对不起，说他不够成熟，不够包容，对我不够无微不至。只有我知道，那时的莉莉安，就是一只刺猬，骄纵，傲慢，不知满足。

那时的莉莉安，正是她讨厌的模样。她连自己都不会爱，何况许任。

他叫南蒙。

他穿着松垮的牛仔裤，水瓶或者钱包总是塞在屁股兜里。有的时候也塞烟。他永远是一副嘻嘻哈哈的模样。

有几次，南蒙问我："我是不是像一个小痞子？"我摇头说还好。他就会点燃一根烟，说："我也觉得还好。"

我不说话，轻轻地看他一眼。他就心领神会地把烟掐灭，嬉笑着道歉。

我和许任在一起那会儿，总是吵架。不知道找谁倾诉的时候，我就给南蒙打电话。不管多晚，不管在哪里，他都会来找我，陪我聊天。

我说："南蒙，你真够哥们儿！"他总是在我后脑勺上轻轻推一把，在我往前踉跄的时候，哈哈大笑，"咱俩谁跟谁！"

南蒙父母的关系乱七八糟。大人们习惯于发泄自己的情绪，习惯于要世界听自己的号令，而这一切的痛苦，都只能由南蒙来承担。

南蒙和我聊这些，在一家叫天空之城的咖啡店。他痛苦至极，我却不知如何安慰。那时的我，突然觉得自己无比弱小，面对朋友的困难无能为力。空气里的味道，是我面前那一杯特浓的意大利咖啡。

他是个好玩的人。我和好友楚蓝也总爱调笑他。看完《同桌的你》的那个晚上，我们三个人走在这座即将远离的城市的街道，楚蓝突然在初夏微凉的风里大声说："南蒙，你看你大学四年也没找个妹子，喜欢谁，告诉我，我和莉莉安帮你去表白！”

南蒙一愣，随即指着她大笑，白痴！我说：“真的，南蒙，都快毕业了，再不说也许永远没有机会了。”他望着我俩，“真的，真没有！”楚蓝重重拍着他的脑袋，“南蒙，你也太差劲了。”

再次和他聊起这个话题，是在毕业晚会的聚餐上。他喝了好多酒，甚至在同学的怂恿之下给班上一个很漂亮的女生献玫瑰。我们一群人在一旁拍掌尖叫。

餐会的焦点转移，快得像地鼠的头，砸都砸不过来。他离开掌声中心，过来与我喝酒。

他说：“你上次不是问我大学里喜欢过谁吗，现在我告诉你，是你，莉莉安。”

南蒙像个孩子般趴在我的肩膀上微微哭泣。他说：“我喜欢你，但你那么优秀，你不该属于我。”

我沉默。他继续说：“你知道吗，你和许任刚在一起的时候，我告诉他，莉莉安怎么玩你我不管，但你只要敢玩她一次，我就让你以后都玩不了。”

南蒙说了很多，也醉得很厉害，甚至要揍许任。他一直看不惯许任，也许因为当初许任锋芒太盛，也许因为我。

最后，他说：“祝你和江幸福。”

我揉着沉重的眼睛，仿佛有哭过的痛感，可我不太记得前因后果。

他们都说：“祝你和江幸福。”

离开这个城市，我就会回到江生活的那座城市，我的家乡。我会幸福，只是，彼时的幸福，不再有他们，不再有此时此地的莉莉安。

我只能满怀无奈而又矫情地说声再见。

再见，青春。再见，莉莉安。

PART 6

莫问平生意，别有好思量

好想告诉你

文 / 杨康明

“信不信我会牵起你的手？”

好想告诉你，这只是恶作剧。如果你说信，我就说我不信；如果你说不信，我就说我也不信。然而，我的调皮捣蛋失败了。你用琥珀似的大眼睛盯着我，面部表情好像受到惊吓的小花猫，诚惶诚恐道：“这样不是很好吧！”

我们的故事由此开始。

你曾多次耍小脾气，拽着我的胳膊哭哭啼啼。你不理解我这样的自恋狂除了写文章什么事都不干，笔下却从来没有你。那天我们在学校对面的小区里纳凉，斑驳的树影跌落在彼此身上。你知不知道你像透明的天使，跟微凉的石板凳一样在夏日里让我觉得舒畅？你随意打开我的书包翻看本子，然后抽泣，眼泪似乎浸透皮肤涔进心肺。“为什么你可以为她写日记，而我们在一起这么久你却只字未提？”我没有解释，你生气，我生气，你向左，我向右，转身离开。我承认自己的邪恶，我对你会调转头拉上我的手信心十足。果然，你抹掉脸上的泪花，吃吃地笑：“一起走吧！回学校好吗？”好吧，你遇到一个坏小子。

好想告诉你，我从来不写你，因为我们在一起；你是我的一部分，是我的一份子，是我生活上所有的交集；你黏在我身边使我踏实，我不为你离去而着急，我以为我们逛街轧马路可以随心所欲一辈子。

好想告诉你，我的文字只记录过去式！

第一次约你，我将不修边幅的自己精心打扮一遍，像小木匠雕琢礼物盒子。不骗你，那可是我第一次穿牛仔裤。我在杰仔家吃晚饭，洗完澡出来，他说我真帅。其实，他无须说这么虚伪的话，我也很高兴！

我在商场的席殊书屋等。你迟到很久，赶过来时风风火火，披头散发，穿印度的大松裤，套匡威的棕色帆布鞋。我们沿油城路自西向东而行，一路上你竭尽全力解释，你说你坐十几个小时的火车累坏了，你说你回到屋子才发现没有钥匙只好等人回来开门，你说你连澡也没有洗就拖着疲惫的身体来赴约，你说对不起。走了两个十字路口，你说了两个十字路口。看着你的紧张，我欢乐而惊喜，“进去吧，五羊书店是约会地点。”

好想告诉你，你不用忙不迭地辩解，我信你。就算迟到再久，我也愿意等你。哪有男孩子约会不是满怀期待早早等待？

被抓去参加学校运动会，你是可以拒绝的。你却说，没有人愿意跑800米，那班集体怎么办？你穿着借来的钉鞋、蓝色的校服裤、我们逛街时在春苑街买的白色运动衫。预备！跑！你的马尾甩着可爱的弧度飘荡在红色的田径场上。你抿着嘴，冲呀冲，标准的400米跑道，我则陪在你身边跑完两圈。真棒，你居然不是倒数第一，过了终点也不需要我扶，嘴唇泛白说没关系。你不知道呀，李梅人高马大的，可她整个人都已瘫掉！

好想告诉你，我觉得你是傻孩子。

你收到情书，要么丢进垃圾桶要么好好保存，不必给我看问我怎么办。在不伤害对方的前提下，你可以好好享受别人为你付出的爱。另外，要明白，一生为人，口中说出拒绝也是件再平常不过的事！

好想告诉你，我觉得你真是傻孩子。

你班上的男生们极度讨厌我，其中一个代表声称，我将你班上唯一一个看得上眼的女生给追走了。我去帮你打扫卫生，齐刷刷的白眼就集中在我身上。我想象自己如同阳光中凹凸镜下的聚焦点，噗嗤，被眼神烧死，不留灰烬。你的班主任也不喜欢我，回答我的提问与火车站售票员对待农民工没两样。当然，哪有老师会爱一个没前途的学生？老师们喜欢用教学经验和经济头脑在学生身上投资，押宝押得好那可就是德高望重。我和你毫无能力，却口若悬河诅咒这群园丁里的害群之马，哈哈，愤青啊！

好想告诉你，老师的好坏不在于有多少人敬爱，而是对好学生有多好对坏学生有多坏。我好学生坏学生都当过，自然心里有数。只是作为职业者，他们有自己的生存之道，类比火影里的各种忍者而已。

我的班主任和年级长就待我不坏。

他们都表示关注我们的恋爱进展，经常拎着我到办公室交流感情生活，深情处还思想教育几句。我的班主任是个好妇女，她说如果她和我谈恋爱一定有舍有弃。我摇头晃脑信心膨胀大言不惭：我会自己处理。年级长也是个好男人，尽职尽责"神出鬼没"不定时将定时不出席课间操、升国旗仪式的我抓个正着。他的面孔无时无刻不乌云密布，让人觉得他那绽放在毕业照里的灿烂笑容是虚情假意。他教了我两年物理，见证了我的物理由全班第一掉到倒数第七。他怅然若失唉声叹气，我则冷笑不已。

好想告诉你，就算上高三下火海，我还是喜欢你。

你喜欢那件粉红的衬衫校服，说穿在身上能飘出好味道。其实，这衣服质量不咋地，选料透明，你白色、黑色、粉色、蓝色的内衣我都可以分辨得一清二楚。你买内衣总是挑厚的，害怕同学嘲笑你干瘪的胸脯，原来身体条件也可以让你难为情。

好想告诉你，你完全可以不在意。虽然我择偶的第一标准就是美貌，其他其次考虑，但我看上了你，那么努力与你在一起，你又何必为自己的外表自卑而闷闷不乐？虽然这是个以貌取人的时代，但从第二眼开始外在就会不起作用；你也明白，我想进入的是你的内心。

因为与爸爸吵架，我曾整整两个月不回家，赖在你的房子里当宅男。你早上起来到楼下给我买白粥肠粉馄饨拉面，钥匙开门的声响哗啦哗啦。你说我们应该更早起，可以穿短裤从体育中心晨跑到文化广场，可以看看清洁工人的劳动成果，可以听听鸟儿的晨鸣。你怕洗冷水澡，热水器的煤气瓶空后就哇哇叫喊，还神经兮兮叫我用煤气烧水给你冲凉，问题是，哪来的煤气？我帮你洗衣服，因为看不惯你用伤手的立白。我们一起拖地，边拖边用脏鞋子踩，真是俩傻东西。我们一起到菜市场买菜做饭，你从不和阿姨讲价，她知道我们是学生，学生的钱好骗，我实在看不过眼。

好想告诉你，你的厨艺很一般，但我想吃你煮的皮蛋瘦肉粥，天天都可以。

2007年寒假，我们为了不分开，一起在永和打工。每天换班就在餐厅门口集合，哼唱难以入耳的餐厅主题歌，呵，歌词到现在我还记忆犹新，“我的热情好像一把火，燃烧了整个永和！”经理的妹妹对我真好，教我配白豆浆调黑豆浆，不知道你有没有醋意。厨房阿姨对我也好，说我吃好睡饱胖起来一定是帅小子。上早班的我天天踩单车接送上晚班的你，唯一一次失职是睡过头。那天傍晚，我连饭都没吃，在房间看《穆斯林的葬礼》，醒来才手足无措惊慌失色。我下楼来到转弯处，你早已立在那里。你眼眶红润，噘着嘴唇，眼睛盯我很久很久，哇地哭出来，抱紧我捶打我。你说走夜里十二点多的路被吓得半死，说我是个混账、是个王八蛋！

一次，有位客人在餐厅发飙，无理取闹，把碗碗盘盘摔得稀巴烂，还拿着用过的卫生纸揉成团往我脸上砸。经理拉扯着要我忍气吞声，我却喉咙瘙痒心有不甘。

好想告诉你，假如你当时在场看到我的狼狈样子，我一定抓起陶瓷托盘往那客人的脑袋上抽。好想告诉你，我不喜欢打工的生活。餐厅服务员用青春和时间换来人民币，灵魂与躯体则仅剩剥削后的虚无。好想告诉你，我会努力读好书，给你最舒服的日子。

你一个人住在学校外面，我放心不下。况且你还疯狂热衷街边小食，每次逛街都横扫小吃店，多不利于健康发育呀！后来你在学校寄宿，我是真兴奋，开心得像校道边怒放的芒果花。我们可以一起吃早餐、午饭、晚饭，一起学习、一起散步、一起健身、一起看球赛。我不用担忧你来回奔波的安全性，不用牵挂你的一日三餐。天气冷时，我为你打热水洗澡，每次都提前翘掉英语听力课去开水房排队，打好水就提到三楼你的宿舍门口。左邻右里的女生看猴子似的观察我，以为我真不清楚一个男生进入女生寝室区的后果。去！管他呢！

有一天中午食堂关门，我回宿舍偷接电线为你煲方便面。我挑最好的花生油、最贵的香料、最大的香菇往电热器里倒，弄好后室友个个都了解，我并不是煲给自己吃。

好想告诉你，我虽然没多大能力，却渴望照顾你。

一起的日子，我在你面前哭过两次。

一次是我受不了学业的压力。我到教室找你，问有没有空，然后一起走下教学楼，在操场西南角高低杠旁席地而坐。我叮嘱你别出声，只要静静看我哭泣。

好想告诉你，我真的只哭给你一个人看，其他人不理解也好，我是很努力在学习。

另一次是我祖父的逝世。你明白我的悲伤，陪我在篮球场边的石板凳上坐了一晚。我向你诉说祖父的历史、他的病历、他临终前的可怜兮兮。他爱我，每个周末都做饭给我吃，还买了许多补品给我对抗厚厚的考试卷子。

好想告诉你，你确实给过我精神上的支持。

一起的日子，你在我面前哭过无数次。

最严重的一回是你站在花圃边，哭得语无伦次。我问怎么了，你说没事。软磨硬泡后，你终于说出缘由：班里的小流氓功夫佬当面问你是不是处女！你的热泪纵横向我倾诉着遭受到的不可磨灭的侮辱，我理解这是作为女生最底线的尊严。晚自修前，我拖功夫佬出来谈判，气氛剑拔弩张。我做好期末双方约好大干一架的心理准备，后来却不了了之，倒是往后的相处功夫佬收敛不少。再后来，我、他和学校门卫于半夜两点坐在榕树下抽烟喝酒闲聊谈心（我没抽没喝），他居然承认喜欢过你，说你是个好女孩。

好想告诉你，恋爱在积极人眼里是青春阳光，在龌龊人眼里是低俗肮脏。你完全可以忽略自己在别人眼里的样子。

十月初九是你的生日，那次我们在翠园挑了最漂亮的蛋糕，步行到多美丽餐厅，里面刚好换过装潢，所有棕色显得安详静谧。你发自肺腑地掉泪，说已有好几年都是一个人过生日。你抓紧我的手，激动颤抖着许下愿望。我送你一块仿造的迪斯尼米奇手表，这可是我力所能及的豪华大礼。

后来这手表失踪了，连同送你的印有我文章的杂志，还有送你的我写的心情日记，都不知丢到了哪里！

好想告诉你，我知道你搬家很多回，虽然好好保存礼物不代表真心真意，但假如你做到小心翼翼，我会非常开心。

我在高州读高四，你一声不吭就坐上火车来看我，把我惊喜得目瞪口呆。你挎着黄色背包，扎起柔顺的发梢。我穿好你送的衣服，敞开胸怀给你一个大大的拥抱。我逃几天课陪你在城区游玩，在冼太庙拜神祈福，在超市挑苹果、雪梨、香蕉，在潘州公园的树下看跳舞的爷爷奶奶。我还想带你去高州中学瞧瞧我喜爱的游泳池、我一个人爬过无数次的后山，可惜门卫那小子实在可恶，不让进。我在城东站送你，每次都这样，伤感得泪眼汪汪。

好想告诉你，送别后，我没有听你的话。我步行穿过那条你不让我一个人走的隧道，出来隧道口，脸上两条泪痕沾满绿油油的灰尘。回到学校，我也没听你吩咐正常上课，躺掉一个下午加一个晚修。

在你家，我度过了一个美丽的假期。

你带我去步行街、带我去东塘，我带你去岳麓山、带你去和平街；我们温顺乖巧地去菜市场买鱼、买辣椒、买西红柿，嘻嘻哈哈叫你爸当大厨子；我们经常半夜两三点和出租车司机砍价，午夜狂奔回到小区；我们煲绿豆汤、吃鸭架，辣得嘴唇鲜红肿胀；我们和你的两个大美女妹妹打扑克直到凌晨，然后睡眼惺忪约好出去买豆浆、油条、千层饼当早餐。

我喜欢坐314路公车。你有没有发现，我这瘦“竹竿”往旁边一站，车子就变成“1314”。

好想告诉你，喜欢一座城市，是因为喜欢的人住在那里。

四年在一起，有着太多的故事！

我顶着寒冷披星戴月送你去坐凌晨五点的T202；我接送你上下课，两人在飘满花瓣的新湖路悠闲自得；我打篮球抽筋，你跑来愁眉苦脸，没理解到我被疼爱的欢乐；我们冒雨在海边冻得发抖，挑贝壳首饰；我们约好晚自习后跑步，累了就狠狠相互拥抱；我们去田园摘草莓，被户主目不转睛看护着防偷吃；我们为了放松，高考前夜在体育中心打没点正经的乒乓球……

好想告诉你，目睹维系四年的感情分崩离析，我痛苦得不能自拔。父母认为是我没考上好大学，不敢招惹，而我的苦涩情绪却无人诉说。

分手后的我更瘦了。

你无特长，爱好跳舞，善良，纯真，怕生，嘴馋，安静，没心计，力气小，声线好，吃饭少，不自信，手脚笨拙，乱放用过的餐巾纸，爱零食，爱化妆，爱孩子，爱耍小脾气，爱小动物，不怕蟑螂，怕苦怕累，怕慢慢变老，没有追星，没有时间观念，没有理财意识，用ABC牌卫生巾，分不清摇滚与爵士，不懂文艺却热爱满腔文艺调调的我！

我自私，吝啬，客观，直白，纯粹，享乐，自以为是，斤斤计较，精打细算，有想法，有价值观，有个人世界，不表现，不安分守己，不同流合污，没规则，没传统，没竞争观念，没个人和集体荣誉感，讨厌政治，讨厌军事，讨厌游戏，讨厌机械，讨厌交际，喜欢发呆，喜欢低调，喜欢美女，喜欢漂泊，喜欢陌生城市，喜欢长途列车，喜欢日本，喜欢韩国，喜欢欧洲，喜欢美国梦，喜欢唯一一本书《世界地图册》！

好想告诉你，这就是我们的差异。

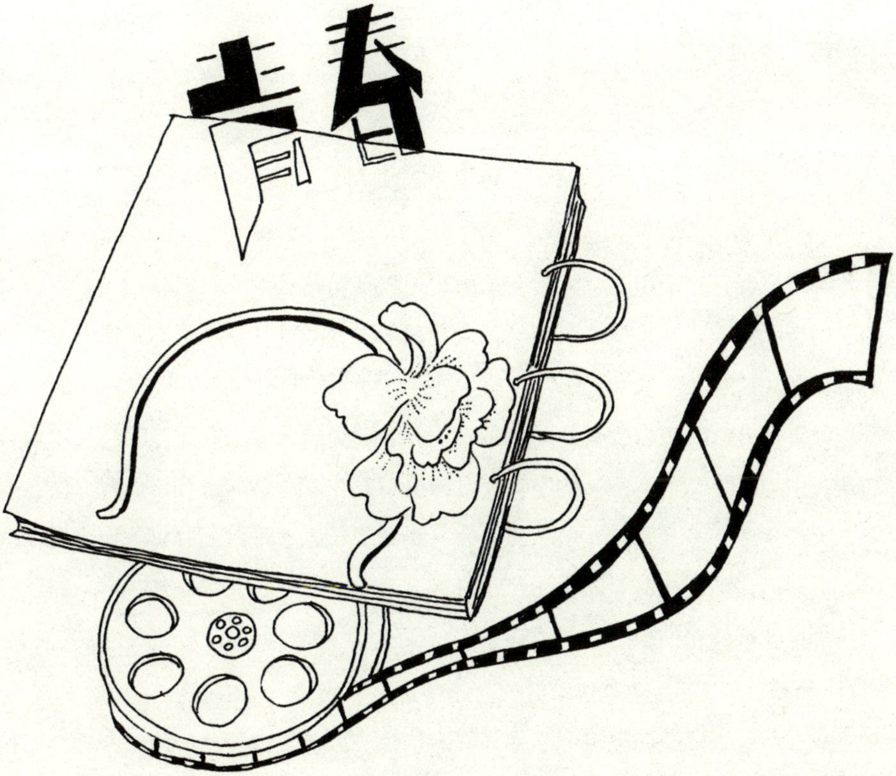
青春

青春纪念册

⏭ 文 / 陆晓彤

说起青春，脑子里浮起无数的画面，无数字句想从我嘴巴里蹦出来。但到说的时候，所有要表达的又连不成句，只有胸腔里一阵又一阵鼓胀的感觉。我的青春是什么，我的青春里又有什么？

只有青春痘最青春，其他的“青春”好像已经被说得烂俗了。但凡学校里有活动，横幅上总有“青春”的字样，“激扬青春”“青春风采”。这些“青春”多么大而化之，多么统一，多么让人激情澎湃却又让人有种无力感。青春就在身旁，烂俗了，但往往又看不真切。我尝试捡起一些片段，回忆一些故事。或许它们很零散，或许它们也烂俗，或许它们小到不值一提，但不论如何，这总是我的青春。

我总不会忘记那种感觉。文学社的副社长，我，上交了五篇社员的稿件给指导老师参加市里比赛，一段时间后，指导老师让我去拿获奖证书，分发给社员。发完，只有我没有。回想起老师的脸，仔细斟酌揣摩老师说的每个字，总感觉很异样。是小事呀，却越想越郁结。

晚自习课间，去操场走。夜包围着的操场很美，还有那些笑着、走着、闹着的男生女生的声音飘来飘去。这居然是我最想描述的一个画面，这些个画面里有一张女孩看似快乐的脸，却装着无数的忧郁，忧郁的线团缠绕着，总也解不开。其实，这是小事呀。

我也永远不会忘记那垃圾桶里的巧克力。考前在教室候场复习，我侧着头翻着书，无意间竟看见隔一过道的男生直愣愣在盯着我看。我心里咯噔一下，一阵慌乱猜测，再瞄他，已马上在看书。某个节日，晚自习后，室友同我一起回寝室，她啪地拎起一个盒子。其实我早知道，那是男生备好的礼物，已在教室放了多日，准备趁节日送给我。我装作不知情，惊喜地收下。第二天一早到教室，把盒子放在他座位旁。上完一节课后，室友告诉我，他把巧克力扔垃圾桶里了。我盯着学校巨大的绿色的垃圾桶发呆，然后，傻愣愣地同他说，去捡回来，我们分了吃，多贵呀。男生傻愣愣去捡了，给我，我分给了同学，留下了盒子和两粒巧克力。我一直不吃那心形的巧克力，就放家里抽屉里。等吃时，那巧克力里的果仁已经一阵霉味，又吐了出来。呵，青春。

这里有青春的味道吗？或许有，也不只是我一个人的青春。我说着青春，有些不好意思，这感觉好像是医生在解剖，一切的人体器官不再是隐私，而是直接的展示：这是心脏，这是大脑。而这心脏曾有怎样的悸动，大脑里曾有怎样的回忆，医生却不知道。可每个人该有一段专属自己的记忆吧。

我的好朋友，曾因为三人约好在食堂吃砂锅，但后来我和另一个小伙伴忘了这事，没有等她，她生气了。我们一路解释、安慰，追到卫生间。她洗头，扬起满是泡沫的头对我们轻描淡写地说：“好了，我会原谅你们，但我不会忘记这件事的。”

我的好朋友，和我干过不道德甚至“违法”的事。两人跑到传达室，翻出多年无人认领的信件，偷偷拆开来读，美其名曰，这些信不应该空空地等待。而那些信里往往装着一个又一个的心事，我们揣测里面通信双方的关系，揣摩那段时期两个笔友之间的故事，就像猜喜欢的男孩子某个动作的意味一样刺激与不安。

我的好朋友，和我约好高考考完后，好好“疯”一把。要穿得漂漂亮亮，化个妆去酒吧玩玩，好像要展示整个青春时期所有被应试掩盖起来的光彩一般。说好了的，可是最后无疾而终。高考散场时，是个阴雨天，父亲在校门口等我，我整理了复习的资料和寝室的用品，走出了校门，压根忘了这件事，或许她们也忘了。

我的好朋友们，散落在青春里的角角落落，这些故事的回忆也变得零零散散，再也描摹不出那份青春的滋味，就像无法描述生理期的疼痛一般。

很多人与事也就在故事里了。那个室友，喜欢熄灯以后站在窗前望望天，总让我们感觉毛骨悚然。她说："晚上的天特别美，星星也特别美，你们也该来看看，很放松。"

那个室友，一个懒室友，在宿舍想喝水，倒腾着找出了一个"陈年"杯子。当她正要喝时，寝室长跳出来喊："这么脏的杯子你都不洗一洗？"一看，杯子边缘黑黑的。她说："我可以挑不脏的地方下手。"

那个同学，和我们一同上完阅览课，看完书，正走在夏天的阳光下回教室时，一个男生跑过来，口齿不清地说："我们班×××想认识你。"我们一看，是低年级的男生。她说："现在的小男生怎么都这样。"

那个男生，曾经做过一件轰动了全校的事。因为早上起晚了，被宿管人员锁了大门关在了寝室里。无奈，不能迟到，男生从二楼纵身一跃跳了下来，很悲壮的故事。他跳下来时撑了一把伞，他说："我以为这样可以起到降落伞的作用。"于是他住院了，不过无大碍。

那个男生，上课老是一副心不在焉的样子，平常老是一副吊儿郎当的样子。但是，只要考试前，他稍稍地复习，就能考出让人羡慕的成绩，我们总是觉得他智商真高。他总是说，这是个美丽而又遗憾的世界。

青春里，谁也没法理解谁。那些举动，那些话背后的深层意思永远没有被人解读出来。或许，处在青春正中央的我们，也无法解答这道关于自己青春的阅读理解题。这些模糊的人、细碎的事，闪耀着光芒。也许某一天回望的时候，突然记忆的深渊里会折射出一道光。这道光，许是青春事件拼凑成的，永远无法在现实世界再次真切感受，却同样温暖。

飘摇的青春，吹散在风中的人或事，时不时冒出来，又落在地上，化作泥土。但刻在青春生命里的印迹，永远在那里。

我还记得，为了补上弱势的科目，我做整本的课外辅导练习，有空就逮住老师请教，那本或许已经被卖掉的辅导书里，有我写下过的青春；为了参加市里的辩论赛，放弃节假日，和队友们探讨、演练，结束的那天，我偷偷在训练房的角落里写了一句话，后来整栋楼都拆了，但某块墙上定有我那稚嫩的笔迹；和一群志同道合的人一道做刊物，那段时间每天熬夜，那熬夜看过的一篇又一篇的作品，一个又一个字里，有着别人和我的故事……

我的青春里呀，有无数人的青春，有无数人青春的懊悔与惊喜。我的相册里放着一张和男生的合影。高三毕业前，男生说："我们去拍张照做个纪念吧。"我盯着楼梯转角，想，不如就在这里拍吧，少引起人注意。男生拉我去了夏天校园的树下，咔嚓拍了一张照，周围路上是来来去去的男生女生。照片里，我望着前方不知名处，似乎为了逃避合影的尴尬。我没有男朋友，我和他只是朋友。这么没必要的敏感让我照相时刻意表现得很不在意。照片里我"拖着"长头发，眼神简直涣散，男生则笑出了一朵花，在夏天的树下。

时间催人老。不知不觉间，总会失去"青春"。但我想，总没有完全意义上的失去。你看，这些青春的印迹总会再现。也许，等我老了，满脸皱纹，弯腰驼背，看见路上的年轻人时，我那因为掉了牙而显得干瘪的嘴唇也会喋喋不休。那些年轻时的画面，年轻时遇到的人，年轻时碰到的事，都会在我含糊不清的表述中出现。谁说，那时年老的我没有掉进青春的蜜罐里呢？

青春是可贵的，可贵到不可复制，可贵到独有，可贵到你没法评价这人的青春是否值或不值。每个人心里都有一本青春的纪念册，没事的时候去翻翻，那个时候就又正青春了。

有些人有些事永远在时光的某个角落里，从不逝去。

三个人

⏭ 文 / 杨晓萌

第一个人，他是等待佳音的人

第一次见到萧是在舞台上。那时的他状若癫狂，眼神精亮，只字片语无不让人忍俊不禁。他是我高中的学弟，是活跃在我们这个小城舞台上的曲艺少年。他“疯魔”，亦小小地“成活”了。他的梦想是永远活在曲艺里。

我们曾经畅谈过很多，他给我的印象是个外表成熟内心老道的少年，像是北方夏天的傍晚，马路边常见的穿着圆领衫围在一起看人下象棋的老大爷，摇着大蒲扇，趿拉着塑料拖鞋，时不时摇头晃脑地哼哼两句《沙家浜》。

萧从来都是自命不凡的，他曾经自诩“萧酒公”。“呜呼！愿此颓废潦倒者，唯萧某一人”是他的签名。

他喜欢曲艺，喜欢北方浓厚的曲艺气息，所以他的目标是老北京。

早上在鸟雀的对话声和画眉美妙的嗓音中醒来，光着膀子在院子的水龙头上随便洗把脸，胡乱套上上衣，坐在小桌前喝带着淡淡豆腥的豆汁，咬着果子焦圈，听着马扎边收音机里的广播。这样日复一日的老北京式的闲适日子，是他甘之如饴的。

今年萧高考，所有志愿都填上北京的学校。他在等待。祝愿他能一辈子生活在曲艺里，生活在梦想里。

第二个人，她是远走他乡的人

瑞是我初中开始交往的女生，也是我的初恋。

第一次见面是在初一开学前返校时。她有黑亮的及腰长发、显露出美好曲线的连衣裙，虽不算漂亮却很是秀气的五官，眼睛异常大。

瑞一向是个文学小女生的姿态，说话声音软软的却不嗲，这一切都吸引了一大串男生，当然包括我。从前她总是嫌弃我没有文学细胞，不斯文没气质，配不上她，但现在不会了。因为她找到了一个无比酸气的颓废派文学青年，就在上海。

纸醉金迷的夜上海在张爱玲的笔下最是唯美浪漫，却也带着淡淡的哀伤。那里是瑞的一个梦。在出现了一个、两个乃至更多的文学明星后，向往那里的人便多了，于是那里成了几乎所有文学少年的梦想之都。

瑞当初高考第一志愿填的是上海的一所幼教学校，也许是为了有照顾分数的优势。当然这是我猜的。因为以我不“文学”的脑袋实在想不出幼教与她伟大的文学梦有什么联系。

我曾看过瑞写的小说，无非是一些秋殇感怀、闺中情愫、少女心语之类的，于我这样的男生实在没多大兴趣，但班上女生却喜欢。这样，瑞的文学少女的名声便在学校打出来了。

瑞就是这样，因为向往而向往，于是远走南方大都市的柔弱女生。先不论她成就如何，动机是否明了，但她的勇气是我佩服的。

第三个人是我，一个梦想不死的人

我的故乡是个在中国地图上占地小之又小的北方小城。有一两个只在北方出名的旅游景点和非物质文化遗产，出现过一两个史书上占五六行篇幅的名人英雄。这座小城因为太老而被人遗忘，因而住着一群被人遗忘的人。

这座小城养育了萧、瑞和我十八年。如今瑞在上海，萧也将远走北京，而我还留在这里，并将会是一辈子。

我曾经羡慕过他们，因为他们都有一个坚定的梦想，并难能可贵地开始实现梦想。而我，是个一辈子都在梦想的人。

我曾梦想当一名歌手，为此去学了半年吉他；后来想成为一位国手，也为此去学过围棋；还梦想过成为一位导演，然后就买了一个小摄像机到处拍摄，等等。我害怕有一天再也承载不了这么多的梦，但幸好我的故乡是个适合做梦的古城。

我不是个有恒心的人，我也许一辈子都找不准一个可以为之奋斗终生的梦想，但我却是个有无数梦想的人。这个凉爽如冰箱、暖和如温室的小城，可以永远给我的梦想储存保鲜，使之不死。

我和周末有个约会

⏭ 文 / 周文

成长是一条不断向前方伸展的小径。在那些最美好的时光里，我们总是用力奔跑，却常常忘记停下脚步，等一等自己的灵魂。也许，正是在人生中最紧张最忙碌的那一年，我突然发现了闲暇的意义。从此，那来之不易的周末成了我一个人的典礼。它伴我而行，给原本狭窄的小径装饰了美梦与温情，为它开启了更丰富多彩的空间。我知道，也许我会因此错过一些东西，但我绝不后悔——在这里，我品尝到了另一种幸福，另一种功名之外的、珍贵的人生。

1

每个人都有自己深深期盼的东西，或许是一段感情，或许是一种体验，或许是一件物什，或许是一个离自己不远不近的人。或许，它一直深深扎根在心底永不改变；又或许，它在人生的每个阶段都有不同的内涵。

那一年我高三，最让我期盼的不是童话般浪漫的爱情，不是试卷上漂亮的分数，甚至不是即将到来的天堂般美好的大学生活，而是那场短暂又幸福的与周末的约会。仅仅二十四小时的闲暇，却是我用来撑起整个星期苦读生活的精神支柱。它就像一只顽皮的蝴蝶，在我头顶时高时低地盘旋，双翅展开五彩的希望，把我缺乏睡眠的黯淡双瞳映得缤纷起来。

那种热切的期盼会在每个周一早晨准时出现。当闹钟刺耳的铃声惊扰了甜美的梦境，我揉着酸痛的眼睛，凝视着窗外的曙光，带着些许怅然怀念着那个刚刚隐退到我身后的周末。然而，接下来的忙碌如此真切，也如此霸道，很快便把一切多余的情绪从我心头赶走了。大堆的书本、习题、试卷和老师嗡嗡的讲课声，填满了飞逝的白昼；发涩的双眼和灯下的苦读，消磨了寂寥的黑夜。周一到周五就这样单调乏味地过去了，我心跳的速度也随着周末的临近而加快起来。

周六是最亢奋，却也最难熬的一天。层层重叠的习题，小山似的压在肩头。一整天里，脑中仿佛塞满大团的棉花，骨头也像被醋泡过一般的酥软无力。秒针的每一下脚步都应和着我的心跳，憧憬在这一刻变得特别迫切，仿佛伸手可及。因为我知道，再熬过几个小时，我就能毫无顾忌地栽进宿舍被窝，享受一场奢侈的酣眠，或者是忍受两小时的颠簸，回到我那温暖的家。

2

回家的路，原本用不着两个小时。一年前不知是谁心血来潮想改造这公路，无奈雷声大雨点小，刚将平整的路面挖得坑坑洼洼，便因资金不足而草草收工，只剩下公路如患过天花的脸望着过往的车辆叹息。即使每次都会被可怕的颠簸折磨得晕头转向，我却依然义无反顾地踏上了回家的路途，随身背着鼓鼓囊囊的书包。其实，我不必带这许多书的，我知道，整个周末，我的手指也许不会碰触它们一次。可我依然让它们伏在背上，贴近我的心脏。在高中的最后一年，它们是我急于想抛弃的负担，却也是我的定心丸，给了我无法替代的安全感。

到家了，不必敲门，我焦急的脚步声便是最好的信号。还没走到门口，门便吱呀一声打开了，母亲的笑脸探出来，如同探出云层的太阳。热水澡、温暖的吊灯、饭菜诱人的香气和久违的电视喧闹，一同犒劳我的感官。晚饭后，我常常会坐到电脑前，整理一周里抽空写下的感悟。看着纸片上凌乱仓促的文字变为一篇篇排列整齐的word文档，一种考试分数难以替代的成就感在血管中汩汩流淌。

时间仿佛以加速度在前进，不知不觉夜已深了。我躺在卧室久违的大床上，蓬松的棉被泛出阳光的香味，细腻地贴着我每一寸肌肤。海绵垫温柔又不失力度地托起我的腰背。几本早就有心要看，或者是上个周末未曾看完而吊足我胃口的闲书，和我一样慵懒地倚在枕边。借着台灯柔和的光晕，任由纸张的丰实嘴唇亲吻我的手指，那些灵性的文字和漂亮的故事总是让我一直到睡着以后，梦里也残留着甜美的温度。

3

第二天午饭时分，我才舍得离开可爱的床。刚睡了一个好觉的我就像才洗完蒸气浴一样，全身清爽，神采奕奕。眼眶不再乌黑深陷，眼白也不再蒙着血丝织成的网。吃过丰盛的午饭，我又会陷入一阵小小的忙乱，忙着收拾整理那些要带去学校的东西。母亲将连夜洗净熨平的衣服、精心准备的可口小吃和温柔的叮嘱一齐塞进包里，把我的书包撑得鼓胀胀的。

父亲开车送我到火车站。左顾右盼的两头耀眼白发，如同永恒的北极星，准时出现在站外的广场上。我把包塞进母亲手里，向那对老人奔去。爷爷奶奶相互搀扶着，笑咧着缺牙的嘴，慈祥地抚摸着我的头发。每一次，我总会买一张靠窗的票，费上九牛二虎之力打开紧扣的窗户，伸出头去，和窗下守候着我的四个人絮絮叨叨地聊天。虽然聊来聊去也总是那么简单的几个话题，虽然同样的一幕在下个周末还会准时上演，可我绝不肯浪费同他们交谈的每一秒钟。偶尔我也会语塞，那是因为有太多的言语，像千军万马一齐涌到了喉咙口，不知道让谁先通过才好。

尖锐的汽笛终于切断了我们意犹未尽的聊天。笨重的火车开始不可抗拒地沿轨道滑行向前，喘着极有规律的粗气奔向我上学的那座城市。我不停地朝送别我的亲人们招手，一直到手臂发酸。转过头来，四周便只剩下了荒芜的旷野。车厢里的四十分钟是一段适合用来思考的时光。我默然独坐，在脑海里把自己的生活过滤一遍，再去构想不断逼近眼前的未来。

那一年我高三，一切的忙碌都是为了最后的离开。等我在考场上完成自己的成人礼，将会带着很多幸福与些许遗憾踏上另外一列火车，驶向一座完全陌生的城市，在更广阔的天地里开始一段新的人生旅程。但或许当我真正离开之后，仍会像现在一样期盼着再次回到温情脉脉的家中。就这样周而复始，循环不息。

我想，每个星期是不是就像一段浓缩的人生。在几乎是机械化的繁忙之后的那个周末，就是喘息和思考的珍贵机会，就是可以重新开始的无限可能性。而那条注定只能走一次的成长之路被分割成若干截，变得丰富多彩，显得不再漫长——因为每一小段路上都有旗帜和标志，都有一些迷人的东西，诱惑和鼓励着我们永远斗志昂扬地走下去。

4

火车就在我无尽的遐思中停住了，我随着人群蜂拥而出。回到学校，操场上几个低年级的男孩正在踢足球，为高考之前沉闷的氛围平添了勃勃的生机。教室里有许多从不肯为自己放一小会儿假的同学还在埋头苦读。我敬佩他们，却也同情他们。因为有一种快乐他们永远无法体会——和周末进行一场约会，这是生命中一件重要而美好的事情。

宿舍里光线昏暗，乱七八糟。我匆忙收拾了一下，顺便迅速地把自己调整到另一个状态，然后郑重地拿出书来。很快便过了午夜十二点，日历悄无声息地又撕去一页。我知道，和周末的约会已经圆满地结束了，而我将再次深陷于整整六天的繁忙和越来越强烈的期盼。

合上翻旧的书页和倦怠的眼睑，Say good night to myself，相信这夜定能做个好梦。

PART 7

且对浮云山上

鹭江深且长

⏭ 文 /kidult

你对我，是否有那么一丁点儿的喜欢？

这个问题，她曾问过他三次。第一次，他醉得不轻，轻佻地说或许吧。第二次，他只笑她傻，未回答。最后一次，他怔了刹那，发话，不，从未爱过。

声音那么沙哑，恍若跨过漫长海峡。

她噙着泪笑，最后一刻才确认，原来，他也曾爱她。

爱到不得不放下。

可悲呀，笑话。

1.鹭江深且长

回想起来，那或许是她人生中非常逼近幸福的一个夜晚吧。

那时候他们已经很熟了。酒会，觥筹交错。夏风鸢端着红酒，却习惯性地一个人站在暗处，看着灯光下的陆臻屿在名流之间应酬自如。其中不乏跟他有过绯闻的名媛。对她们，陆臻屿礼貌优雅，并且恰到好处地暧昧。

夏风鸢抿一口红酒，表情云淡风轻，心里却迅速地将这些女人的资料罗列出来。黛西算是陆臻屿比较稳定的绯闻对象了。夏风鸢冷眼旁观，看着这个模特出身的法国女人——时尚圈的权利女人，就像只好胜的公鸡一样，一次次地端着酒走到陆臻屿面前，使得每个在他身边逗留超过五分钟的女人识相地离开。

明眼人都看得出她喜欢陆臻屿，明眼人也都看得出陆臻屿根本不买她的账。亏她单恋多年。

“太有占有欲的女人，麻烦。”两个小时后，陆臻屿坐在车里揉着太阳穴，漫不经心地对身旁的夏风鸢说。酒会结束时，已近深夜。

“自作多情的女人，可怜。”夏风鸢偏过脸望向窗外夜景，几分自嘲。

“小傅，往鹭江开。”陆臻屿像是没听见她的话，自顾自地对前座司机说。

“啊？”夏风鸢讶异地望向他。

那天晚上，他拽着她去城市最高的地方吹了一夜的海风。临海大厦顶楼的露台上，他们先是靠着栏杆远望鹭江，举着啤酒瓶干杯，后来干脆并排躺着看星星，身旁堆了数不清的空酒瓶。

酒会的红酒没把她灌醉，几瓶啤酒下肚，夏风鸢倒有了几分醉意，头开始痛起来。

陆臻屿也醉了。他心情大好，毫无形象地躺在地上举着酒瓶乱晃，时而放声大笑，时而高声歌唱。

他的歌喉几分沧桑，几分狂放：“鹭江深且长，人生何茫茫！鹭江深且长，吾爱永无疆！”

“陆臻屿，你有没有一点喜欢我呀？你那切成那么多份的蛋糕，也分我一份呗？”她狠狠皱着眉，把身份高低抛在脑后，问出了憋在心中很久的蠢问题。不见娇羞，倒是有几分带着酒精气息的豪气。

夏风鸢曾私下里嘲笑过陆臻屿，他的爱就像蛋糕，人人有份，均匀分配。当时陆先生不以为意地接话：“多好。”

此刻，陆臻屿爽朗地大笑，用一只手撑住地，向她侧压过来，笑得放荡不羁："或许吧！你说有就有！"

夏风鸢嗤笑一声，挪了挪身子，离一身酒气的他远了点："陆先生，你相信爱情吗？"

压根不信！他陆臻屿玩世不恭放浪形骸，一副狂蜂浪蝶做派，却从没在任何人身边长久停留过。他这种人，怎么可能相信真爱这种听起来就愚蠢至极的东西？

那天晚上陆臻屿的回答，夏风鸢至今难忘。

"我是不相信纯粹的感情。但是，"他说，"我又……"

夏风鸢记得当时地面的冰凉触感，记得他顿了很久："……想拥有。"

我可以给你。夏风鸢想这样回答，却又唯恐太矫情，唯恐他不会相信，唯恐自己没法遵守约定。心中汹涌的感情被强行按捺，她最终沉默以对。

隔了很久，夏风鸢问他："曾经拥有过？"

"嗯。"他发出轻轻的鼻音，然后睡着了。

她心烦意乱。

那时候夏风鸢还全然不知，十几年前她种的恶因，即将得恶果。离去的那个人，将以另一种决绝的方式，让她受尽折磨。

2.眉眼，才华，你极像一个人

Amor设计公司秘密会议室，对抗Stephanie集团的秘密小组正进行着紧张的会议。

"行！公关李总监来，Stephanie的情况继续由Anne跟进，媒体方面Joy去操作。还有，这次我们的show就主打红底鞋系列吧。"CEO陆臻屿敲定方案。夏助理则在一旁刷刷地记录着。

会议结束了，陆臻屿却迟迟没宣布散会，他纤长的手指轻轻敲着桌面，突然发问："Stephanie挖我们墙脚的事情，你们都有耳闻吧？"

静默。

"我希望这个秘密组建的精英团队，不要有任何人动摇。散会！"

夏风鸢把不容乐观的市场报告送到了CEO办公室时，心里有些忐忑。陆臻屿翻看着报告，脸色显然不大好。

看完后，他把旋转座椅转向了落地窗的方向。窗外高楼林立，阳光正好。

"危机四伏。"陆臻屿轻轻叹了口气。Amor的内部腐化问题，在它还是名不见经传的小公司时，便已埋下祸根。作为新任CEO的他，倘若锐意改革，Amor很可能就此垮塌，倘若不改革，Amor同样大厦将倾。

"还有一个不好的消息……"夏风鸢声音有些犹豫。

"说？"

"Stephanie的春季新款，也包含好几款红底鞋。而且抢先于我们在今早发布了。"

"……"他良久没有说话，再开口时已是冷静无比，"通知设计部，构思新的设计，要快。"

夏风鸢也在心里叹了口气。这阵子，陆臻屿又要心力交瘁了。

名义上是新晋CEO，其实陆臻屿更是一线设计师。

她进公司一个多月。学设计出身的她时常跟着陆臻屿通宵设计公司时尚新品。她见过他一杯接一杯咖啡往下灌的样子，见过设计瓶颈时期他暴躁的模样，也见过一向冷峻的他偶尔搞怪的表情……Amor区区一个小公司，之所以成为潜力股，可以说是陆臻屿一个人撑起了一片天。

他们合作得异常好。那种纯粹的设计的快感，忙于钻营之人无法体味。

数日前，夏风鸢将他们共同设计的"高跟鞋的口红"系列红底鞋成品送到陆臻屿办公室时，陆臻屿忽地抬头望她："眉眼，才华，你极像一个人。"

夏风鸢的心漏跳了一拍。

"像极了。我和她曾约好一起设计我们的作品，可是……"本欲倾诉，话到嘴边却成了，“好了，你可以出去了。”

夏风鸢有些吃惊又有些不甘心地望着他。总是在快要接近时猛地将她推开，每次都是如此。

陆臻屿曾提及过，录用夏风鸢为助理，多多少少是出于她和故人相仿的私人原因。

可是，相熟的HR姐姐却私下告诉她，录用身为应届生的她的原因仅仅是，她是通过网申面试的人中，唯一一个不是S集团势力派来的。

3.自负盈亏，不怨不悔

Amor春鞋秀。

古典优雅的陈列馆和前卫摩登的一双双高跟鞋相映成趣。一盏盏复古的灯旋转着，灯光打造出瞬息万变的效果。

这是以蛋糕为主题的高跟鞋系列。美味的蛋糕与优雅的高跟鞋完美结合，体现出一种不动声色的感性。摒弃过往色彩缤纷的花朵和珠子，采用3D雕塑技术，使观者错以为这些性感的高跟鞋是由五彩斑斓的糖果、香浓松软的奶油蛋糕和丝绸般的巧克力制成。美轮美奂，别出心裁。

陆臻屿作为Amor发言人，力推这一系列高跟鞋的设计师——新人夏风鸢。

“讲究的女人，不会将就。”他讲述了公司主打新品遭到泄露，新人夏风鸢在关键时刻提出蛋糕高跟鞋构想的历程。媒体们的长枪短炮纷纷对准夏风鸢——Amor力捧的新人。

这一次，他们反败为胜，没想到这一次商业机密的泄露竟偶然间成就了她一举成名的奇迹。

那是夏风鸢第一次站在闪光灯下，享受被尊重被欣赏的迷人感觉。

而他，是第一个对她的设计灵感给予尊重的人。

庆功宴上，夏风鸢遇到了黛西。

这回她拿着酒，款款向黛西走去。黛西冲她展露出毫无破绽的笑容。

“当初笑得有多漂亮，将来就哭得有多心伤。” 黛西的声音，并不冷艳，亦没有嚣张气焰，而是……同情的。

夏风鸢饮尽了杯中酒：“我自负盈亏，不怨不悔。”

4.有抱负也有温情的人

积极参加各类媒体的活动，向报刊、杂志公告，参加电视台的尖端时尚栏目，都是巩固品牌形象的手段。比如这次的电视访谈。

“请问您对您昔日的导师——如今的对手，乔世江先生有什么评价吗？有人说乔世江养虎为患，你怎么看？”话题进行到一半，采访者突然向陆臻屿抛出让人难堪的问题。

夏风鸢进Amor公司前，就从各种媒体听说过形形色色的陆臻屿的传奇。他是已故画家陆三谷的独子，原先在乔世江领导的Stephanie公司里从事时尚设计。在乔世江的栽培下，他三十岁未到便已名满天下。所有人都没想到，他竟突然背叛乔世江，来到小公司Amor摇身一变当了副总裁，并且处处同Stephanie对着干。Amor的前任CEO猝死后，董事会任命他为新任CEO。

于是媒体们纷纷这样报道——陆臻屿，天下最成熟阴险的野心家！世间最忘恩负义的叛徒！乔姓王朝最危险的敌人！

陆臻屿面色一下子阴沉了下来，他态度强硬：“我拒绝回答。”

说实话，他一点儿也不擅长访谈。在媒体面前，他过于冷漠强势，永远仰着下巴，骄傲而决绝。

气氛有点尴尬，主持人一时之间不知如何圆上这个话题。

“或许在世人眼中他是枭雄吧。”以Amor新晋设计师身份被邀请的夏风鸢适时打破僵局。主持人颇为意外，镜头也对向了她。

“其实，在熟悉他的人眼里，陆先生是有抱负也有温情的人。”夏风鸢缓缓开口，“他会在小镇的市集开一场派对，会为自己的高跟鞋拍摄同名电影，会定期拨款匿名参与公益活动，会不惜重金投资帆船队……这些都是陆先生不为人知的率性一面。”

眼看着局面就要被挽回，采访人竟又抛出尖锐的问题：“有传言说，夏小姐您就是陆先生的神秘恋人，是这样吗？”

夏风鸢还没想好如何周旋作答，陆臻屿已经斩钉截铁地否认：“不，子虚乌有。”

5.跟我去一趟英国

这一季以蛋糕高跟鞋为主打的新出单品大热，可是同S集团的拉锯战还在旷日持久地进行着。董事会似乎已经有人被乔氏买通，施压表示秀场开销太高，将Amor的形象由“精致成熟”变为“古怪奢侈”，要求陆臻屿控制办秀成本，使用较廉价的面料。与此同时，Amor的App设计进入瓶颈期，旗下设计师迟迟没能提出足够美艳震撼的点子，陆臻屿为此头疼不已。

加班的那几天，夏风鸢时时陪在陆臻屿身旁，看着他处理完繁忙事务后还要昏天黑地地画一张张草图设计App封面。圣诞将至，节日气氛日渐浓厚，夏风鸢敏感地察觉到他情绪不对。

挂着彩球的圣诞树被后勤人员放到了办公室里。陆臻屿表面上不动声色，私下里却叫上夏风鸢，两人把圣诞树搬了出去。

看着对面和她一起搬着圣诞树笨拙移动的陆总裁，夏风鸢发问：“这几天，您……”

陆臻屿无意隐瞒：“她死于圣诞。”

"和我很像的那位故人？"

"对。"

一定是他的幻觉呢，这两天恍惚间总能听到埋葬在时光深处的声音：

——"我是你的什么？"

——"你是我的Christmas，这样我就可以marry you啦。"

……

平安夜，加班的员工格外少，陆臻屿办公室里的孤灯还亮着。夏风鸢猜到一定是他的设计瓶颈迟迟难以突破，不敢打扰他，轻手轻脚地把热咖啡放到他桌前。

没想到陆臻屿突然站起来："走，跟我去一趟英国。"不容置疑的口吻。

语毕抓住她的手腕，大步流星往门外走。

啪一声，大厦的最后一盏灯熄灭。

6.星象是最晦涩的灿烂

十几个小时后，他们抵达英国，再转火车，到了高纬度地区苏格兰的一小片森林。落了雪，森林在皑皑白雪中更显遗世独立。

陆臻屿带夏风鸢去熊树林里一个相熟老太太的小木屋里吃晚饭，品尝了黄油甜酥饼干。那位优雅的英国老太太是陆臻屿曾经的邻居，笑起来满脸皱纹。

在这里，陆臻屿不再是居高临下的上司，倒像个带人参观自己家乡的热情同学。他带她去听风笛演奏，去庄园里看琥珀一般亮的湖泊，去木桥上清理积雪看小时候刻下的字……一切那么美好，甚至让夏风鸢错觉这是一场风里的相爱。

一个落雪的夜里，回程中，她又一次问他，他是否有那么一点、哪怕是一丁点地喜欢上她。他只笑她傻，未回答，抬手帮她掸掉头发上的雪花。

在老太太的建议下，他们去了小镇上办的镜屋艺术展。

艺术展别出心裁。幽暗的空间，像是深海，像是宇宙。黑暗之中，恍若有繁星悬于黑色锦缎一样的天幕之中，使观者的心被一种异乎寻常的美充溢。夏风鸢怕和陆臻屿走散，又仗着周身一片黑暗他看不见自己面红耳赤，一横心拉住了他的手。

陆臻屿脚步轻微一顿，但没有抽回手。

“星裔罗列，虚悬于永恒的一顶皇冠，”被陆臻屿牵着在黑暗中前进，夏风鸢有感而发，轻轻地背起了余光中的《逍遥游》，“多少克拉的荣耀，可以为智者为勇者加冕，为你加冕。”

然而她心中名副其实的王者，此刻却黯淡着双眼。往事袭来，陆臻屿记忆中的星空与眼前的景象交叠，流星迤逦而下，映亮带他看流星雨的父亲那温和的笑颜。

面目已模糊，往事却清晰。

父亲，我一定为您报仇……

恨意涌来，陆臻屿手上的力道不觉加重。

“你……没事吧？”

陆臻屿一回神，见夏风鸢正紧张地仰头望着他，心中一热。

他的指尖，有她的热度。久违的温暖，暖到连毛孔都撑开。是多久没有动心过了呢？久到连他自己也回忆不起来了。

“风鸢，你知道画家陆三谷是怎么死的吗？”

“啊？”夏风鸢显然吃了一惊，“不是众所周知吗？陆三谷先生染病后才华才得到世人瞩目，崭露头角后没多久就过世了。人们拿着他的遗作感慨天妒英才，死后才大红大紫，真是可惜呢……”

“那你知道我们的对手公司Stephanie是怎么创立的吗？”

夏风鸢当然了如指掌：“陆三谷死后将所有画作交给画界挚友乔世江打点，乔世江通过卖陆三谷的画获得启动资金，然后转行成立了时尚公司。”

“其实，”陆臻屿的神情里突然有了化不开的恨意，“我的父亲，死于精神崩溃。而罪魁祸首，就是乔世江。”

那天在镜屋里，陆臻屿告诉了夏风鸢他保守多年的秘密，一个近乎于欧·亨利讽刺小说一般的故事。

两个画家相熟，他们都认为自己画得不错，无奈世人并不认可。从梵高到莫奈，画界向来都是画家死后其作品才能为人“理解”。于是乔世江出了个点子，让陆三谷谎称得了绝症，炒作名气，然后假死，由乔世江经营他的遗产，他的遗作价格势必会被哄抬，二人便可大捞一笔平分利益。

没想到，陆三谷“死”后，乔世江竟翻脸不认人，对找上门的陆三谷说，他已经得了名声就不该再贪图钱了。陆三谷被吊销了身份证，也就在世间失去了身份，孤独流浪中因精神崩溃而选择了自杀。

少年陆臻屿在父亲死后，被乔世江送往英国，和伯父的女儿一起念书。原先还对伯父满怀感激，直到收到父亲寄来的遗书才得知一切真相。

“乔世江……我跟他，势不两立！”陆臻屿的脸在黑暗中因愤怒而轻微扭曲。他侧着脸，没看到夏风鸢的眼里盛满震惊又绝望的星光，更没注意到她眼中的泪已悄然倾泻成海洋。

星象，是最晦涩的灿烂。

7.他金光闪闪，他杀气腾腾

飞机穿越云层平稳上升，明媚的光线猝不及防地跳入视线。夏风鸢眯了眯眼睛，侧头看去，身旁的陆臻屿闭着眼睛，似在小憩。她也靠在椅背上，闭上双眼，昨晚的记忆浮现于眼前。

她已入睡，朦胧间听到脚步声。

猜到是陆臻屿，夏风鸢故意闭着眼睛，任凭他温热的鼻息靠近她的脸。

他烙下吻。

她的脸瞬间烫了起来。

“郡茹……对不起。”他的声音温柔、缓慢而悲伤。

夏风鸢一下子惊坐起，在黑暗中难以置信地瞪大双眼。陆臻屿显然被她的反应吓到，慌忙道歉。夏风鸢摆了摆手，冷静了下来：“没事。”

“风鸢，真的对不起，”陆臻屿的表情满是歉疚，“你和她，有点像……”

“我不怪你。”是我对不起你，夏风鸢悲哀地想。

她曾在老太太的口中听闻过那个让陆臻屿难以忘怀的姑娘。老太太说她和陆臻屿常常一起到熊树林里来玩。提到故人时，老太太的眼里满是遗憾：“难道那孩子还没忘记她吗？唉……这不是他的错呀。谁也不希望那样的事情发生……”

然后，老夫人满是褶皱的手搭上夏风鸢的手：“臻屿这孩子，就拜托你了。你像他忘不了的人，倒也算有缘分。”她的手有些粗糙，却异常地热，热到夏风鸢心里头去了。

可是直到昨晚，夏风鸢才不得不相信了她万万不愿相信的事实：那个人，竟是郡茹。乔郡茹。

空姐开始播报上海的地面温度。陆臻屿调直了座椅，看似漫不经心地问一旁的夏风鸢：“你说，是不是大家心里都有这么一个人……在很多年后，无论遇见谁，都在寻找她的影子？”

“不，不是这样，”她微仰起头，看向他的眼睛，声音无比坚定，“是因为你本来就喜欢这类人。”

请原谅我的小小自私，她在心里默念。

陆臻屿并没有回话，他只是愣愣地承接着她炽热的目光。心里有一块坚硬的东西慢慢融化，像奶酪一样。

舱门打开，西装笔挺的陆臻屿下了飞机，又成了那个拒人于千里之外的冷面精英。

他金光闪闪，他杀气腾腾。

8.终其一生也无法进入他的心

“不用你来找我，我也会尽力帮他的。”咖啡馆里，黛西浅啜了一口咖啡。耳环轻轻一动，反射出漂亮的光芒。

夏风鸢听说，她已经开始和一个男明星公开交往了，她已经放弃了等待。

回国后，陆臻屿以星空为主题设计了Amor的官方App封面，大受好评。可好景不长，乔氏依仗财力提出收购，Amor公司内部出现分歧，被乔氏买通进而倒向乔氏的反陆势力日益强大，陆臻屿焦头烂额。夏风鸢病急乱投医，背着陆臻屿私约了黛西，看看她能不能相助。

夏风鸢点了点头，沉默一会儿又开口：“虽然有点冒昧……但是您可否告诉我，他喜欢的那个人，您知道多少？”

多年来，她跟陆臻屿过从甚密，对他的过往，起码还是有些了解的。

“他父亲病死，你知道的吧？”黛西抬眼看她。

见夏风鸢点点头，黛西继续说：“他丧父的抑郁期，都是她陪伴他走过来的。而她，好像是给他买圣诞礼物时在路上出了车祸。”黛西顿了顿，自嘲地一笑，“她死在他的心里，埋在他的心里，你我终其一生……也进不去了。”

“谢谢。”夏风鸢站起身来谦卑地向她鞠躬，“帮忙陆先生的事情，还要劳您费心。”

“我尽力。”却是有些无关痛痒的语气。

乔氏的收购势不可当，可陆臻屿坚决不肯妥协。雪上加霜的是，公司的机密文件、对敌策略似乎不断地被泄露，Amor每走一步棋乔氏都仿佛早已预料到似的，见招拆招。最终，Amor公司被亲乔董事们卖给了乔氏。

CEO陆臻屿，失踪。

9.云雀刺穿头顶瓦蓝的天空

“陆臻屿，你给我出来！”临海大厦顶楼，露台上的风猎猎作响。夏风鸢对着电话喊道，“要不然我从这儿往下跳了！”

半小时后，失踪多日的陆臻屿出现在了天台。

“别闹。”陆臻屿的声音疲惫却温柔，他走过去，将一个U盘塞到夏风鸢手里，“里面是Amor的市场分析和一些其他的重要文件，你拿这个到乔氏投诚，他们应该会收你。以防他们把你跟我一起封杀了。”

“你就不能回乔氏吗？你很有才华，他们……”

陆臻屿打断她，微怒：“我和乔世江，是杀父之仇！”

“可你还不是照样喜欢乔家千金？”夏风鸢有些赌气地顶嘴。

陆臻屿一愣，看来她已经打听到乔郡茹的事儿了。他解释道：“那时候我对父亲的事情毫不知情。”

刚到英国时，陆臻屿以为自己的父亲真的病死了，是乔郡茹陪他渡过了难关。收到父亲落款的遗书后，他才知道一切。很长一段时间，都对乔郡茹持有复杂的心情。没想到，圣诞那天，她在为自己准备圣诞惊喜时不幸车祸身亡。

她的死，全然是因为他。

从此，他发誓不再爱上任何人。

“我要走了，离开这里。”陆臻屿说得很平静，显然是去意已决。

“陆臻屿，我只问你，到底有没有一点点……”喜欢过我？夏风鸢还没问出口，他便摆了摆手：“不要问了，从来没有。”

多年之后的午夜梦回，夏风鸢还会想起他当时那冷静无比的表情。她执拗地想，当时的他一定是想保全她，想让她死心，才矢口否认。

夏风鸢毫不犹豫地将手中的U盘从楼上扔了下去：“你知道，我的母亲是怎么过世的吗？”

“……”

“我的母亲，以死亡的方式将我推向了……荣华富贵。”

扑棱扑棱，展翅腾飞的飞鸟刺穿头顶瓦蓝的天空。

“就像你今日，以拒绝的方式，非要将我推向荣华富贵。不幸的荣华富贵。”

10.重叠，却相斥

她的母亲是可耻的小三。别人家庭美满，她却因为爱慕对方的才华，而诱他上床并为他生了个私生女。后来，对方事业有成，却怎么也不肯与私生女相认，于是，她的母亲以自杀的方式使得夏风鸢的生父不得不接手这个私生女。

夏风鸢的生父，是乔世江。

“而害死乔郡茹的，根本不是你，而是我。”夏风鸢的声音在天台的风中颤抖着。她死死盯着陆臻屿，看着他脸上的表情从震惊到绝望。

有泪水从她的脸上滑落，割裂那段晦涩的记忆。

小小年纪的夏风鸢被生父送到英国和姐姐乔郡茹一起念书，夏风鸢忌妒乔郡茹才是父亲心中真正的女儿，常搞些小小的恶作剧来刁难姐姐。比如那一次，她对姐姐的鞋带做了手脚，想让她摔一跤出个洋相。万万没想到，姐姐出门后摔跤时，一辆车飞驰而过，结束了她的生命。

乔郡茹死后，乔世江终于开始正眼打量夏风鸢。他出钱栽培她学设计，却终究不肯公开他们俩的父女关系。

“你，多年来其实是在替我顶罪。我对不起你。”夏风鸢凄凉地笑了起来，“我夺走了本该属于她的继承权，夺走了本该属于她的一切，可是却终究得不到父亲的爱，亦得不到……你的爱。”

死去的她，以另一种决绝的、永远的方式，让夏风鸢在人间受尽折磨，永世不得超生。

进乔氏对手公司，偷到机密文件，也是乔世江考验女儿的任务。夏风鸢一面透露资料讨取父亲的欢心以求继承权，一面又忍不住拼尽全力帮助陆臻屿。刚开始爱上陆臻屿时，她满心以为，只要她和陆臻屿联姻两家公司合二为一便可皆大欢喜。而一层层揭开谜团后，她总算明白，这是报应。

陆臻屿难以置信。他沉默了好久，终于开口："还记得当初一起设计红底鞋时，约定好要把Amor做成国际品牌吗？"

夏风鸢点了点头。

"Amor也好，Stephanie也罢，都是我们三个人的设计梦想。答应我，照顾好我们三个人的梦想。"

一起从事创作的日子还历历在目，那种纯粹的日子，像熊树林里的湖泊一样闪闪发亮……

夏风鸢轻轻点了点头。

既然已经告诉他一切真相，她自知已不可能挽留住他。彼时的陆臻屿，竟红着一双眼，眼底汹涌的情意毫无保留地喷薄而出。

眼前的人，同记忆里磨灭不掉的人，重叠，却相斥。陆臻屿的胸口一阵撕裂般的疼痛。

后来的后来，他向她告别，然后转身走下天台。

没有回头。

那是她最后一次见到他。

夏风鸢一直没有离开顶楼。她站在那儿，一个人在猎猎海风中，静静俯瞰对面的鹭江。

海水一浪一浪拍打沙滩，忽而急忽而缓。大海的浪潮声几分沧桑几分悲壮。突然忆起那晚他歌声狂放：

鹭江深且长，人生何茫茫。鹭江深且长，吾爱永无疆。

……

鹭江深且长，吾憾浩汤汤。

不要辜负好时光

⏭ 文 / 黎江萍

三月。草长莺飞，桃花满天。

北城西郊。因为黎明的一场小雨，连绵的草地变得湿润而柔软。木乐穿着浅色的布鞋，小心翼翼地踩在这一片草地上，生怕湿了鞋面那一层碎花的布。草地的尽头是一座城堡，很有些中世纪的欧洲风格。木乐来得早，城堡的大门还未打开，往日络绎不绝的人们还未到来。

木乐捏了捏口袋里好不容易攒起来的两千块钱，心里隐隐有些期待，又感到紧张和忐忑。她一步步地朝那座城堡走近了。这是一座神奇的城堡。城堡有个奇怪的名字叫“留住时光”。它神奇，因为它可以满足人们对美好时光的追忆。只要你给住在城堡内的妖精们足够的钱，他们就可以把你最想要留住的一段过往封印进水晶球里，只要开启水晶球，就可以随时身临其境。

木乐鼓起很大的勇气来尝试这第一次。她希望可以留住一小段美好的时光，她一直渴望能重新再经历一次那短短的光阴。

金色的太阳升起来，阳光洒遍青青的草地，眼前的城堡镀上一层金光。大门缓缓地打开了，木乐试探着走进了宽阔的大门。身后已经有其他的顾客走了进来，木乐加快了脚步。

穿过大厅，走上旋转楼梯。一个尖尖耳朵作侍者打扮的妖精迎上来，朝着木乐鞠了一躬："您好！我是精灵卡卡西，请问您有什么需要帮助的吗？"

木乐好奇地打量他，说："我来留住一段时光。"

卡卡西说："好的。请跟我来。"

木乐跟着卡卡西穿过一条长廊，来到一个小偏厅。偏厅连接着数十条通道。他们走进其中一条。通道里是小小的二十来平方米的隔间，里面放着一把躺椅，躺椅旁边立着一个架子，架子上放着一颗水晶球。

卡卡西说："一小时四千，请问您要购买多长时间？"

木乐把口袋里的两千块钱掏出来："半小时。"

卡卡西接过钱，说："请坐到椅子上，躺下去。"木乐依言躺好。

卡卡西站在架子旁，说："现在，闭上眼睛，回想您要留住的那段时光。"

木乐开始回想。

那是去年的事情了，在一家KTV里。那时候木乐刚刚考完高考，和班里的同学们聚会。有个女同学把她哥哥也叫来了，据说比他们大两届。木乐不会唱歌，就坐在一旁玩游戏。惩罚游戏，抽扑克牌，点数最少的两个被罚。木乐和那个"哥哥"被罚猪八戒背媳妇，于是木乐趴在"哥哥"背上。他说"抓稳了"，然后把她背了起来。木乐只记得那包厢昏暗的灯光里俊俏的眉眼和温暖的背，这样薄薄的记忆却在过去了这么久之后仍无法忘记，反复撩拨她平静的内心。

木乐躺在椅子上，闭上了眼。一开始回想，就仿佛又回到那个昏暗的包厢，嘻嘻哈哈的人群，那个人说"抓稳了"，然后她被背起来。她因为紧张而紧紧搂着他的脖子，温暖的背脊却仿佛烙得她浑身发烫。

我一定是喜欢上他了，木乐想。

倏而睁开眼睛时，木乐已经忘记自己身在哪里，但她很快就回想起来。卡卡西手里握着那个原先放在架子上的水晶球，朝木乐微微一笑。他把水晶球装进一个薄纱袋子里，递给木乐。木乐接过来，对他说"谢谢"。

卡卡西领着木乐回到旋转楼梯口，朝她鞠躬说了"再见"。木乐也对他说了"再见"，然后走下楼梯。大厅里有很多人，看得出来有些已经不是第一次来。

他们有的正要来购买回忆，有的开开心心正要回去。木乐看了看手里的薄纱袋子，攥紧了，微笑着走出城堡的大门。耀眼的阳光倾泻下来，打在身上也是暖暖的光，令人的心情也愈加晴朗。

虽然记忆很贵，但因为实在太美好了，所以觉得怎样都值。

1

木乐喜欢的那个“哥哥”名叫苏燃，是她的高中同学苏果如的哥哥。其实在KTV那晚之前，他们就已经见过面了。在高二的暑假，木乐受邀到苏果如家里玩的时候，就见过这个刚念大学的苏燃。那时的木乐还没有对他产生别样的情愫，只是觉得漂亮的苏果如的哥哥果然也很好看，遗传真是一门美妙的学问。后来她又去过几次苏果如家做客，但那时苏燃在北城读大学，并没有机会再见到。一直到毕业之后，在KTV里的见面。仅仅过了一年，见面时的感觉却截然不同。

那是一种怦然心动的感觉。

回到学校，木乐找到一个安静的地方，把水晶球拿出来，再次进入那段美好的记忆。等她再睁开眼时，面前却是一张好奇窥探的脸。

苏燃。

木乐被吓了一跳。

苏燃站着，弯腰凑过脸来对靠着树坐在草地上的木乐说：“你是苏果如的同学吧，叫木乐的是吗？”木乐看着他点点头。

“我是她哥哥，苏燃，还记得我吗？”

“记得。”

“你也是K大的学生？”

“嗯。”

“我也是。”

木乐只知道苏燃也在这座城市读大学，却没想过他们居然在同一所学校。

“你是哪个系的？我是金融系的，在西校区。”

“我在……公共关系。”原来不在一个校区，难怪以前没见过。一直以为在别的大学。

远远的有人在扯着嗓子喊苏燃的名字，苏燃转过头去应了一声。木乐顺着声音看过去，是几个嬉皮笑脸的男生，应该是苏燃的同学吧。

“我朋友叫我了！留个号码吧，以后找你玩！”苏燃从裤袋里掏出手机，举到木乐面前。木乐接过，输入了一串号码。

一直到苏燃和他的朋友们走得远远的再也看不见之后，木乐才回过神来。一直靠想象才会出现的人，在刚刚重温了过往记忆之后突然这样活生生地出现了，真是让人感到比水晶球里的世界还要不真实。但慢慢想通之后，木乐又开心得不得了，原本遥远看不见的人突然出现在自己身边，还问她要了电话号码。苏燃还说以后联系一起去玩，距离一下子就变得这样近。木乐靠在树干上，仰头看着树隙间漏下的一段段灿烂的光，慢慢地微笑起来。

晚上躺在宿舍的床上，木乐还在回想白天发生的事情。妖精城堡，装有美好记忆的水晶球，苏燃，一连串的事情让原本平凡的生活一下子变得不一样起来。那省吃俭用几个月才攒来的两千块钱，花得一点也不让人心痛了。

嘀嘀嘀！有短信过来。木乐掏出手机，是一个陌生的号码。打开信息的时候，木乐变得紧张起来。

“你好，我是苏燃。请记住我的号码。”是苏燃。

“我会记住。”木乐回复。

“周五下午你有课吗？我们去北郊烧烤，你要加入吗？”

“没有课。我去的话不好吧？我和其他人都不认识。”

“一回生两回熟，总有个认识的过程吧。来吧，别人都带女朋友，我一个人单身的话很尴尬。”

木乐的心里好像有什么东西轻轻抓了一把。苏燃的意思是……让她暂时充当女朋友的角色吗？他还没有女朋友。

木乐握紧了手机，忐忑地回道：“那好吧。”

2

周五，木乐上完早上的两节课之后，就乖乖地到学校门口等着。苏燃要来接她。

比约定的时间早了十五分钟。木乐站了一会儿，刚想掏出手机上个微博，苏燃骑着辆鸡蛋黄的小电动来了。

小电动一个神龙摆尾，停在木乐面前。苏燃说："我迟到了吗？让女孩子等，真是不好意思！"

木乐跨上后座，说："是我出来早了，现在还没到我们约定的时间呢。"

"哦？那就不是我的错喽。"苏燃笑了一下，说，"抓稳了！"

车子开了出去，速度不快，木乐的心却一直悬着掉不下来。"坐在苏燃的车后座，要充当苏燃的女伴角色跟苏燃去烧烤"，这件事让她激动得手指都微微发抖。这些她以前从来不敢想的事情，一下子发生了，木乐觉得不可思议的同时，又忍不住要去想，那以后呢？一直这样发展下去的话，会是……吗？

烧烤的地点是北郊的一个小公园，苏燃载着木乐到那里的时候，烧烤炉子都已经架好了。除了苏燃和木乐之外，只有两个男生和两个女生，那两个男生看到木乐都吹起了口哨。

木乐挨着苏燃坐下，尴尬地对其他人说："你们好！"苏燃一一介绍之后，大家开始动手烤起来。两个女生都是很亲切的人，木乐很快和她们聊了起来。

小公园里很安静，除了大家说笑的声音，就只有耳边风吹树叶的沙沙声。苏燃不时地给木乐烤两串蘑菇或是鸡翅之类的，温柔得不像话。木乐觉得，就算没有酒，自己都要醉了。

烧烤进行到后半段，大家开始轮流讲冷笑话。木乐看过很多，但记住的却很少，反而是苏燃和他那俩哥们很能说，逗得大家哈哈笑，自己也哈哈笑。木乐觉得很开心。

很快一个下午过去了，夜幕快要降临的时候，苏燃送木乐回了宿舍。在宿舍楼下的时候，苏燃说："我今天很开心。"木乐点点头，想了想，还是出声说：

“我也很开心。谢谢你带我去玩。”苏燃说：“那以后也再一起玩吧。”木乐说：“好。”

苏燃走了，木乐走进宿舍。她回到床上，很认真地算了一下，再攒个两千块钱，需要多长的时间？她觉得自己已经迫不及待地想要再去一回妖精城堡，把这些美好的时光都留住了。

在那之后有半个多月的时间，苏燃没有再联系木乐。木乐找了一份工作，是给一个初中的学生补数学。这样的家教工作很多，木乐只在每周星期三至星期五晚上到学生家里上课，一个月就可以赚一千多了。这些钱她打算原封不动地存起来，等存够两千，就再去一次妖精城堡。

四月，天气慢慢地热起来，木乐穿上了短袖衫和中筒裤。苏燃又再给木乐发短信，约木乐出去玩。有时候是和上次的那几个人，有时候又会换几个，偶尔也会就他们两个人。玩的次数多了，两人变得更熟稔了些，木乐在和苏燃相处的时候也更放得开了，开心时还会放声开怀地笑。苏燃不再变得遥不可及，但木乐还像以前一样喜欢他，甚至更喜欢他。

四月底，木乐悄悄去了一次妖精城堡。这次接待她的妖精叫西西卡，据说跟卡卡西是双胞兄弟，两个“人”长得一模一样。妖精在木乐眼中大都长得一个样，西西卡不说她看不出他们是双胞胎，说了她也还是看不出来。但她还是对这两妖精兄弟有了莫名的好感。

这次木乐封印了她和苏燃第一次去烧烤时的记忆，是讲笑话的时候，半个小时。虽然后来他们也有过为数不多的两人时光，但相比之下木乐还是更喜欢那时的苏燃。因为是第一次，所以感觉特别、特别的美好。她不知道她和苏燃最后会怎样，她喜欢他，但也从不奢求两个人在一起。只要曾经留下过美好欢快的记忆，只要拥有着那些神奇的水晶球，就足够了。她并不贪心。

3

木乐过生日，在宿舍里，和她的几个朋友。吹了蜡烛吃了蛋糕，玩闹一通之后，已经快十点了。苏燃在这个时候打了电话过来，他说：“木乐，生日快乐！”

木乐说：“谢谢！你怎么知道的？”

那边苏燃笑了一下，说：“山人自有妙计，我自然知道。你现在到楼下来，好吗？”

“干吗？你来给我送礼物啦？”

“对呀。在楼下呢。”

木乐说着“真的假的”，从窗户往下看。苏燃坐在小电动上冲着她这边挥手。她叭叭叭地穿着拖鞋就下楼去了。苏燃从车上下来，看到她就迎上去一个熊抱。

木乐和苏燃认识这么久连个手都没牵过，这会儿一下子来这么亲密的接触，真有些意想不到。苏燃又说了一次“生日快乐”，然后放开她。

木乐伸手说：“礼物呢？”

苏燃回身不知从小电动的哪个地方掏出一个礼盒，他没有直接递给木乐，而是拿在自己手里，说：“我要先说一件事，你答应了，我就给你。”

木乐说：“那我要是不答应呢？”

“那就没礼物了。”

“你先说说看，要是把我卖了，我还能答应你吗？”

苏燃把礼盒打开，里面是一套樱桃小丸子的模型。看木乐的双眼几乎都放光了，他才说：“这个我早就想说了，怕你拒绝，好不容易找到机会。木乐，跟我交往吧。”

木乐傻了。

苏燃说：“喂喂！魂兮归来！”

木乐说：“你不要开玩笑。真的不要。”

苏燃说：“我说真的！你看我真诚的双眼。”他举着礼盒晃了晃，“这可是你最喜欢的小丸子！”

木乐悄悄吸了一口气，说：“看在小丸子的份上，我勉强答应了。”表面装得挺平静，内心各种翻江倒海。

两个人就这样确定了关系，木乐一直回到宿舍还觉得好不真实。苏燃离开之前还给了她一枝玫瑰。

木乐抱着礼物拿着玫瑰进了门，被晾了大半天的朋友们立即围上来：“坦白从宽！我们都看到了，快说那个男人是谁？”

“好吧。半个小时前他是我的一个男性朋友，现在，”她看了看一脸兴奋的损友们，“他是我的男朋友了。”

果然她们都沸腾起来，嚷嚷着要拆礼物，要坦白暧昧史，要怎样怎样。被她们一闹，木乐原本跳得剧烈的心慢慢平静下来。她觉得这一天好像真的来得太快了，但它真的来了，又让她开心得无以复加。

正式开始交往的日子，与以往相比并无多大不同。苏燃还是会带木乐和朋友们玩，有时又是两个人自己去玩。但偶尔木乐也会带着苏燃参加一下她和朋友们的聚会，晚上睡觉前两个人也会通一下电话。

木乐还在做家教，她没有告诉苏燃她曾去妖精城堡买过关于他的时光，更没有告诉他做家教就是为了攒钱买他们之间的美好时光。她也没有因为和苏燃在一起而放弃攒够钱就去封印记忆的计划，她希望可以留住那些过往，不论他们是一直在一起，还是有一天终将分开。

不要辜负好时光。这是在妖精城堡的大厅里悬挂着的一句话。西西卡也曾经说过，他们帮助人们封印记忆，是为了不辜负那些美好的过往，不忘记曾经有爱的岁月。

不忘记曾经有爱的岁月，木乐想，这句话说得真好。

4

五月，六月，恋爱进行时。七月，万众瞩目的暑假时光。

同学们都收拾收拾回家了，木乐却有点不想回去。本来她应该会和苏燃一起踏上归程的，但是苏燃说要留在这里。木乐问他要干吗，他说是秘密。秘密那就秘密吧，木乐不理他，自己一个人回了家。

暑假很长，长得木乐都有些等不及要回学校了。她想念苏燃。打电话的时候问苏燃在干什么，怎么样了，他也老说是秘密，要不就是随便敷衍过去。

“喂，你不会是背着我做什么对不起我的事吧？”

“我这么耿直的一个人！怎么会？Impossible！”

“你别被我抓到我跟你说，要骗我就骗得高明些，永远别被我拆穿。”

“收到！我会的。”

“……”

还没到开学，木乐就提前一周回了学校。苏燃到车站接她，帮她把行李扛回宿舍。进了宿舍木乐才发现室友们也大都回来了，大家围在一起闲聊着暑假时的见闻。

开了学，苏燃变得忙起来。木乐已经是大二的学生，苏燃大四，要开始实习了。苏燃不主动说，木乐就旁敲侧击，问他找到实习单位没。苏燃说找到了，在哪里却又不肯透露，搞得神神秘秘的。木乐不问了，干脆由他。慢慢地两人见面的次数越来越少，连电话都很少打了。

木乐想，可能就要分手了吧。

木乐不怕分手，能和苏燃在一起已经是很难得的缘分，能不能走到最后她并不强求。虽然一定会难过，但若是已经不相爱的两个人硬要在一起，不论是对谁，都是一种痛苦。既然留不住爱情，那就留住时光吧。

放暑假之后木乐就再没去过妖精城堡。暑假她在家乡那边打了两份暑假工，开学之后趁着学业不太繁重也继续做家教，攒了一些钱。木乐估摸着要再去一次妖精城堡了。

秋天到了，树叶变黄了，风一吹就簌簌地掉下来。妖精城堡外的一大片草地也已经枯黄了，再没有了春天时的柔软感觉，就像衰败的爱情。

木乐是在周一的早上逃了两节课来的妖精城堡，城堡里人很多，都是对美好的过往存有追忆的人。他们有些头发已经白了，有些正值壮年。木乐看着在大厅中进进出出的人群，想他们又有几个是像自己一样来纪念爱情的呢。

走上旋转楼梯，一个尖耳妖精正要朝木乐鞠躬，却被从另一边小跑过来的另一个妖精抢了先。

那个妖精激动地说："还记得我吗？你来过几次了呢！"

木乐仔细看了一下，问他："你是卡卡西，还是西西卡？"

妖精说："我是西西卡！"

木乐想也是，卡卡西没有西西卡对她这么热情，一向都是公事公办的冷漠嘴脸，只有西西卡会热乎地拉着她聊这聊那。

西西卡领着木乐去小隔间，一路上还在不停地说话。到了隔间里，木乐躺到椅子上，西西卡问她："这次还是提半个小时吗？"

"嗯，但是是提两次，每次半小时。可以吗？"

"当然。这么说，这次来比上次有更多的美好时光喽？"

"可能以后都不会有了，所以要提前存起来。"

西西卡停下手中擦拭水晶球的动作，问她："你们吵架了？"

木乐也干脆坐起身来："没有吵架，但是可能要分手了。我们很久都不联系了。"

"那个男人真忙成这样吗？太不像话了！工作哪有女朋友重要。下次看到他我帮你教育他。"

"下次？他也来过这里？你知道我说的是谁？"

"叫苏燃对不对？我在提取记忆的时候也能看到你的记忆。"

"苏燃……他来封印了什么时光？"

"很不好意思，这个是客户的秘密，我们不能透露的。"

"那好吧。"木乐躺下来，"我们开始吧。"

木乐从妖精城堡出来之后就直接回了宿舍。她的床头放有一个精致的小匣子。她把匣子打开，把两个鸡蛋大小的新的水晶球放进去。她现在已经有六个水晶球了，里面都是她和苏燃在一起的美好时光，一路走来，或许就到这里了。

木乐躺在床上，一个一个地开启水晶球，慢慢重新感受一遍她和苏燃度过的美好时光。

苏燃真是一个很好的男人，不抽烟，不喝酒，学习也算认真，待人有礼貌，对她也是真好。再回过神来的时候，木乐想，可能真的是缘分不够吧。

若真的要分手，那便好好分手。

5

十二月，北城的树叶都落得差不多了。苏燃破天荒打了电话过来约木乐周末出去，说是带她压马路，环游北城。

周末木乐早早就起来，比以往有课时起得都早。苏燃已经在楼下等着了，依旧是跨在小电动上，大大咧咧地坐着。木乐坐上车后座，苏燃说："抓稳了！"

还是一样的台词，木乐的心境却早变了。天气变得冷了，两个人都穿着羽绒服，厚厚的衣衫隔开了距离，木乐趴在苏燃背上再也感受不到他背部皮肤的热度。

小电动开在郊区冷清的马路上。苏燃开得很慢，风吹在脸上不觉得疼，只是凉丝丝的。

一路上两人都没有话，然后苏燃突然就说："木乐，我想你是误会了。"

木乐把下巴放到苏燃的肩膀上，对着他的耳朵轻轻说："误会什么呢？"

苏燃说："我没有要和你分手，我一直喜欢你。"

现在听到这样的话，木乐已经不觉得心慌意乱了。她说："哦。那我们现在这样又算什么呢？"

"算情侣呀！"苏燃说，"你不要以为我故意疏远你，我是真的忙。现在我工作稳定了也不怕告诉你，我去了一家外贸公司应聘，暑假的时候就在那里实习，开学的时候我已经转正了。为了站稳脚跟我当然要努力工作，所以没有时间陪你。"

木乐说："你为什么不告诉我？"

"怕被炒了你笑话我嘛，也不想你担心。谁知道你会想东想西想歪了，居然以为我要和你分手。现在我有稳定的工作了，你可以考虑把我介绍给爸妈了。"

木乐慢慢地抱住苏燃，说：“你怎么知道，要有稳定的工作，我才会把你介绍给爸妈？”

“听苏果如说的。她说以前你跟她说过，要找有稳定的工作的男朋友，这样你爸妈才容易接受。”

小电动停下来了，他们又来到当初烧烤的那个小公园。苏燃领着木乐来到一个小亭子，亭子中间有一张石桌，旁边围着四张石凳子，卡卡西和西西卡坐在那里。木乐看着苏燃，苏燃说：“我请他们帮忙，给你看一些东西。”

木乐在石凳上坐下，石桌上摆着一个盒子，里面装着大大小小的水晶球。卡卡西叫木乐闭上眼，木乐依言做了。然后不知道他们做了些什么，木乐知道自己进入了那些水晶球里的时光。

是苏燃的记忆，和木乐在一起时的。有很多小细节，都是木乐自己没注意的。木乐封印的时光，都是两个人在一起玩闹时的，很欢快，很开心。苏燃却不一样。木乐看着那些时光快速地流淌过，很安静，很温馨。

两个人坐在一起看风景，两个人在夕阳下骑着小电动，木乐硬拉着苏燃去吃麻辣烫，糊了一嘴的辣椒油……一点一滴短短的却很有爱的感觉。这些时光大都比较短，有些是十五分钟，有些只有五分钟。木乐看完了，回过神来，还在石凳上坐得好好的，眼泪却流了满脸。

苏燃说：“现在，你相信了吧？”

木乐说：“我相信。”

西西卡带头鼓起掌来，卡卡西也跟着拍手。西西卡说：“好了，现在误会解除了。你们好好在一起呀，我们就先回去了。”

苏燃说：“多谢你们。”

“谢就算了，反正我们也快要走了，就当离开前做一件好事，不要辜负好时光嘛。”

木乐站了起来，说：“你们要走？去哪里？”

西西卡他们也站起来：“妖精城堡要搬了。我们一年换一个地方，帮世界各地的人们留住时光啊。过完十二月，我们就走啦！”

“你们搬去哪里？”

“谁知道呢，随缘吧。”

道了谢，又说了再见，卡卡西和西西卡离开了。木乐和苏燃对望着，周围很安静，他们突然都笑起来。傻傻的木乐兜了一圈，原以为就要这样说分手了，结果却是自己想多了，真有些不好意思。

苏燃收拾好桌上的水晶球，说：“走吧，继续轧马路去。”木乐笑着点点头。路上苏燃说：“以后不许胡思乱想啊！”木乐搂着他：“哦……”

“听说你封印了好几个关于我的水晶球，是不是好早就喜欢我喜欢得无法自拔了呀？”

“你想得美吧你！其实我封印的都是你出糗的时候。”

“不是吧，你爱我爱得这么深，连我出糗的时候都要再三回味呀？”

“……滚！”

月底，木乐最后去了一次妖精城堡，这次是和苏燃一起去的。卡卡西和西西卡两兄弟分别接待了他们。因为或许就是最后一次了，所以妖精兄弟给了他们一个大优惠，买一段长的，附送三段短的。那些交往过程中最美好的片段，就这样永远存在，可随时重温了。

离开的时候木乐忍不住红了眼睛，她舍不得妖精兄弟，但是该来的来了，该走的也总是要走。也许正是因为这样，美好的时光才会让人想要挽留。

西西卡说：“再见，好好在一起。”

卡卡西说：“不要辜负好时光。”

木乐冲着他们摆摆手，跟着苏燃走过空旷的草地，在夕阳中慢慢地往回走。

以后的路还很长，或许再也没有机会留住美好时光，但木乐相信，只要两个人紧握着手一直往前走，就都是美好的时光。

再见，妖精城堡。再见，卡卡西和西西卡。再见，水晶球。

然后，你好，苏燃。

PART 8

正是杨花满路

东南亚故事集之一

⏭ 文 / 江易菲

河内，初抵之地

被闹钟叫醒的时候是在南宁的长途车站旁的旅馆。赶去街对面，取一小笔钱作为接下来的旅资，再匆忙赶去车站。身边坐的是一个斯文的姑娘，聊了几句发现她语速甚缓，才得知原来她是越南人，在南宁打工。她说在家乡不好找工作，家乡的很多女孩都在南宁打工，她也是回家过年的，一会儿过境就下车了。

越南女孩的眼神纯稚甚至有些怯意。我问到年货一事，她说他们也会准备肉类的东西。

慢慢座位前后的人也聊了几句。大部分是去旅行的，中年夫妻，小情侣，也有和我一样一个人出来的姑娘。在车上才想起要规划行程的事情，于是拿出小笔记本，大致地写写画画，把该去的城市和逗留的时间都想了想。

过了友谊关就是越南了。淡黄色的旧楼，拱形的门，总是像一份慵懒而久远的回忆。看到棕榈树，觉得亲切。它似乎就是亚热带的身份象征，容易让人想起白裙飞舞的时光来。

过安检时，坐在我后座的一个姑娘拍拍我的肩膀：“嘿，去年我好像在云南见过你。”

我立刻搜索记忆，心里也一边想没那么巧吧。到底还是没有一丝一毫的印象。不过，去年秋天我的确在云南待过一阵子。于是稍稍犹豫了一下，说：“是吗？你还记得我？”

大巴后来在还剑湖边停下，我和那姑娘就结伴旅行。这之前我没有订酒店，不知道市区的游览路线，就跟着她混了。她具备一个优秀背包客的品质：攻略详尽，方向感好，敢问，体贴，不叫累……和她比起来，我自叹弗如，唯一好的是英文还可以。

夜里，我们一起在还剑湖畔闲逛。龟塔上灯火四射，处处张灯结彩，年味浓郁。

回酒店经过一条僻静一些的街，看见很多摩托客停在那里。夜色中，好多都打着赤膊，胳膊上的刺青更生动了，有些黑社会帮派聚集的感觉。正有些紧张犹豫着要不要匆匆走过时，同伴说：“他们都在吃冰激凌！”

再往里看看，的确是一小群人都散落在大门口吃着冰激凌，闲适地聊天，大人抱着小孩，男男女女都有，真是一个冰激凌集会地。我们也进去店里。冰激凌有几种口味，没有独立包装，都整整齐齐码在冰箱里，看着颜色猜口味。同伴买了一只，我不吃冰激凌却在她对越南冰激凌的称赞下咬了一口，是很香的香草味道。

回酒店后已经很累了。东南亚的酒店房间都有风扇，咿咿呀呀吹在上空。房子很高，虽然居于闹市，却因为是室内窗的设计而很安静。就这样很快睡着了。

次日，是觅食之旅。寻越南烤肉米粉，和当地人一起，坐在街边小凳上吃。蔬菜就放在桌上尽情挑选。我认得的，有紫苏、鱼腥草、生菜，还有很多不认识，但是都一一试过，很欢乐。

越南人喜欢桃花，在清晨的花市逛，一树树的桃花，包在泥土里。曾在参观画廊和庙堂时都见到，树下零落的花瓣，生死对应，美丽且伤感。

后来我们前去胡志明广场，雇了摩托车。一个师傅载着两个人，熟练地在车流中穿行。快到时视野也开阔了，我们绕广场转了一圈，我高兴地大叫起来。那位师傅，竟然也跟着附和。

广场上，连狗都是自由舒服的样子，看到我们，一条金毛忽然扑上来。我向来喜欢小动物，跟它玩起来，摸摸它的脑袋和后背，它呼呼啦啦地回应着。而我新买的丝巾上，便因此留下许多污迹。

那晚，回酒店拿了行李，同行的姑娘送我上的士，一起赶到新咖啡的店面，然后再送我上大巴，这才放心走开。她说因为不想太匆忙，打算多逗留河内几日，再南下。而我一开始就订下了十日后从金边返程的机票，这一路，自然得走马观花了。

我是个好运气的人，一直遇见帮助我的人。在车窗和她招手，夜幕随之拉下。大巴车上，我选了上铺的位置，放好行李，试着躺下，勉勉强强。而后座上人高马大的老外就没那么舒坦了，只得蜷缩身体才能把自己放进去。我们相视一笑，忽然发现我这样的短腿妹也有春天。

人群陆陆续续上车，不久后，连过道的草席上都挤满了人。听说都是要赶回家过年的越南当地人。我这才反应过来，今晚，就是年三十了。

夜车去会安

关于“卡农”的描述，流传着一段美丽的文字：卡农是复调音乐的一种，原意为“规律”，间隔数音节不停重复同一段乐曲，如同原本平凡的生活，沿轨迹反复重播……灰色的乐轨和两个声部，独立而交融。而时间流逝，彩色的音符编织成玫瑰色的奏鸣曲，反复却不单调。一个声部的曲调追逐着另一声部，缠绵至极，就像生活。直到最后的一个和弦将它们融合在一起，永不分离……

大年三十的夜晚，在从河内到会安的夜车上，耳麦里回响着卡农的伴奏声，敲打这夜色中的路。街灯阑珊，车内的电视机放着越南春晚的画面，一行人穿着喜庆的衣衫唱唱跳跳。越南唱词浓郁婉转亦缠绵，我时不时取下耳机听一段，也看看那欢喜的画面，再闭目小寐。

在清醒边际，忽闻一声轰鸣，被惊醒，以为是出了车祸。蓦然反应过来，应该是年三十的炮声。这一声过去后，寂寂长夜重新被开启。车，走在安详温暖的轨迹中，心，去往会安的桨声灯影里。

再度醒来已身处顺化古城，被告知车要停下来等其他的客人。一宿没睡好还得下车，我有点不乐意，掏出手机来拍了一张自己的苦瓜脸。后来一看，照片的背景里，竟立着一面越南国旗。

五六点光景的空气湿凉，仍有薄雾飘荡，于是出来散步透气，沿街而行。在刚刚开门的临街早餐店叫了一碗米粉，清汤里有刚刚炖好的猪蹄。青柠对半切开和新鲜的辣椒盛在另一个小碟里。别的食材都可以忽略，而小小的青柠却是一定要擦干净了手，挽起袖子来，轻轻挤出汁水，滴到米粉的汤里。一碗米粉，因为这几滴青柠汁，也变得酸爽清香；而没了它，也仿佛就不是地道美味的越南米粉了。

老板娘端一小凳坐于店前，不急不慢用英文问我从何处来，日本？韩国？我摇摇头，说，China。

街头始终无人，矮小的法国风情房屋在低低的云下齐齐立着。顺化闲散静谧，很得我心。老板娘说沿街再走一会儿就是皇宫了，我听了她的指点顺路而下，果然看到对岸的皇宫旧址。犹豫着是否应该在这里稍作停留再去往下一站，却终因估摸时间不够而放弃。故事总是在某个刹那的取舍间，为未来的铺展埋下伏笔。

回到车里发现我的“睡塌”已经被后来的乘客占了，于是只得跻身走道。司机担心我嫌脏，于是递给我草席比画着说可以铺在走道间躺下，我接过来。的确还是犯困，铺好草席，把耳麦戴上，卡农的旋律让人安心，于是我又合眼眯上了。

在那部破旧的夜车里，草席上，我遇见怪咖先生。

之所以称他为怪咖先生，是因为他的装扮和他的……

怪咖先生戴着薄款的羊毛毡帽，帽檐下，飘着他的长卷发，墨绿色灯芯绒休闲西装，慵懒的吊裆裤，深咖色的牛皮大头鞋。

这似乎也没什么大的问题，关键是他挂了两部相机，带着两个镜头。另外，还背了一把夏威夷吉他。他是摄影师，音乐人，还是艺术家？这一系列问题，在我迷糊未醒的脑子中蹦跶出来。

怪咖先生也坐在草席上，和周围的人闲聊着。天空亮起来，周围也热闹起来。他说起在河内的经历：还剑湖畔丰盛的年夜饭，一个人在客栈发高烧，菜市场上扛着相机拍摄那些劳作的人们……

四目相接时，他问我："你呢？从哪儿来？"

"你猜猜看。"我考验一个人的见识，往往从这个问题开始。

"江浙？"

我摇摇头。

"广东？"

"唔系。"我逗他，"其实我是上海过来的。你呢？"

"杭州。"他说道。

怪咖先生似乎也很斯文。

车停靠休息站，巧遇一片沙洲。云层如棉花糖，低低地飘荡在上空。岸汀连接内海湾，天地一片寂静清明。旧木船停在岸边，水中有木棚，已是空荡荡的。

要踩过水，才可以到对岸去拍摄更美的景致。怪咖先生径直涉水而过，我犹豫了一秒钟，也脱下了鞋子。站在我旁边的旅客问："你确定？"

"我确定。"我笑了笑，提了鞋子在手中，踏过凉凉的海水，去对岸的沙洲。

天地浩荡，沧海无穷。此时忽然发觉自己的渺小，于是所有的喜悲也都变得渺小，心底方留下一片澄明、一记清风。

"这船，还开吗？"我问一旁的怪咖先生，一面凝视水底的乡愁沙砾。

"这要看船长的意思了。"他回答。

回到车上，在朦胧依旧的睡意里，回忆这片沙洲。车仿佛承载时光之隽美，永恒行驶，从不觉察时间飞旋。

异国的大年初一，在慢行的车上，我记下此行的开始。

偏安一隅，与你相遇。

PART 9

乱山残雪衣

落花伊人，微雨宿燕飞

⏭ 文 / 王秋声

1

“有没有见过一个叫玉漱的女人？”厮杀的间隙，这句话盛传开来，在尘埃不息的战场与将士们的唇间耳际飞扬。

玉漱，是我爱的第一个女人。一年前我告别她，穿上了戎装，跟随大军在北方打了整整一年的仗。在战场上，我认识了另一个女人——泠怡。

她不远千里来探望自己做元帅的父亲，却在半路被山匪劫持，只有一名仆人逃了出来。元帅丝毫不敢耽搁，派了一支亲信队伍前往营救，而这支队伍，正是由我负责。我使了点计策，收买了一位山贼，和他里应外合，当天就把元帅的千金救了出来。

那场战争结束后，一天，在元帅府的后花园中，蹴罢秋千的泠怡笑容明媚，清爽的笑靥弥散开来：“还记得你救我那天的情景吗？当时的你飞身下马，抓紧我的手腕。因为太用力，手腕被你捏得生疼，但我心里满满的都是幸福。你信不信，从那一刻开始，我就喜欢上了你。”

我心中一动。鬼使神差地，竟然没有告诉她，那天之所以如此紧张她，是因为在勒马之际，我分明望见一道熟悉的身影俏立在前，凝眸望着我。一瞬间，我把她当成了玉漱。

跟北方莫野族的战争刚结束，南疆又揭竿而起。于是，一年后，也就是现在，我又从北方调到了南方——我的故乡，当初告别玉漱的地方。然而，我没有找到她。

在元帅的力荐下，我有了统领三军的机会。城池在一个个地收复，势如破竹。就在这时，元帅府的加急文书不期而至，字里行间，透露出那个叫烁芒的南疆首领私自买通丞相，企图和朝廷谈判，以赢得喘息机会的事。元帅在信中暗示我，谈判的事已成定局，我最好的选择是班师回朝。

大军浩浩荡荡地回到王城，我马不停蹄地赶往元帅府。

路过内堂的天井，就在回廊边，一声清脆的呼唤灌入耳际："晦！"紧接着，身后袭来一阵香风。

我心弦一震，转身看见泠怡清秀的脸庞。她一溜小跑地蹿过来，投入我的怀抱，像恋巢的鸟儿一般。然后，她不由分说地牵住我的手，沿着回廊，迂回折进后面的花园。矮绿绕匝，溪水淙淙，气息清冽而雅致。我们依偎在一起。

突然，她像是发现了什么，盯着我的胸脯："咦，我送你的玉瓒呢？我让你把它系在脖子上的。"

"我……"

不等我说完，不远处冷不丁地传来一声咳嗽。我们立刻屏住呼吸。

绿荫对面，响起低沉的嗓音："将军原来躲在了这里，可真让老朽好找！"是元帅府的管家葛长风。

2

元帅脸色凝重，在书房里不停地来回踱步。随着他身体的移动，窗外阳光的投影时明时暗。

"三天后，烁芒就会抵达王城，皇上想在晟平殿为他接风。皇上说，他并不同意丞相议和的建议，所以，届时他不会在接风宴上出现。至于怎么做，让我自己看着办。我想来想去，觉得只有一个办法。”

我静静地听着。

他撇开话题：“我知道你和泠怡之间的关系，这件事完成了之后，我自会成全你们。”

我“诺、诺”了两声，面有窘色。元帅把什么东西塞进了我的掌心，暗示我可以退下了。我走出书房，穿过天井的途中，一眼瞥见悄立在廊下的葛长风。显然，他有话要说。我随他来到一处幽僻的角落。

他看着我，一脸犹疑地说：“烁芒面圣的事，将军想必已经听说了。他一来，怪事就跟着来了。昨天，有一封信被送到元帅府。若单单是一封信，也没什么好奇怪的，可蹊跷的是，信封上明明写的是杜晦将军亲启，却愣是送进了元帅府。”

杜晦，是我的名字。这番话令我毫无头绪。

“这不，我擅自截留了下来，不知道将军对信里所说的荒唐事可有耳闻？”

信被递过来，浅土色的信封，已被拆开。看着它，我突然涌起一股不祥的预感。“你是不是在寻找一个叫玉漱的女人？她在我手里。”这是开头第一句话。署名是烁芒。

这封信怎么会到了葛长风手里？还有，元帅知道吗？

3

当日夜半，我从梦中惊坐而起，目光不由自主地落在床榻前的几案上。上面，摆着元帅塞给我的纸条，还有葛长风转给我的信。

纸条上，只有一个字：杀！

晟平殿。

龙凤呈祥，笙箫弥漫，一派朝圣的喧嚣与繁华恣意罗列。

席间，元帅频频以目光示意，而我一直无动于衷。他应该还不知道，面前这位叫烁芒的首领，已经牢牢握住了我的软肋。

乐师退下，换上来另一套瓦缶丝竹。简陋而随意的乐器，并无丝毫奇特之处。紧接着，一群水袖泻地、云摆飘扬的美艳舞女款步走来，一个个全被翠绿的细纱遮住半边脸庞。条曳缕牵，鬓云欲度。乐声起处，舞姿竟是说不出地微妙灵动。

透过裙缦重叠的间隙，烁芒的目光时不时地掠向我这边。他掩饰得漫不经心，可眼角的威胁却一览无余。

另一侧，元帅不停地用眼神暗示：该出手了。他眉目之间的焦躁，我都假意避过。元帅终于意识到我不会自己站出来，开始另想对策。乐声停处，他起身悠悠道："有刚有柔、刚柔并济才算是最高的境界。我这里恰好有一位剑术高手，何不令他一展身手？"

他有意无意地引众人的目光专注在我身上。

"让我来！"台阶下，副将军剑啸突然朗声答道。

呛，长剑已脱鞘而出。他手捏剑诀，来了一个华丽的起式，鼓起荡荡风声。剑势绕席而走，渐转凛冽。终于，利刃破空声刺耳响起，剑光闪耀，刺向毫无防备的烁芒。这一刻，终究还是来了。

烁芒处变不惊，匆忙中身体后仰，弯出一个明快的弧度，躲开了剑啸出其不意的进攻。剑刃擦颈而过。场面立时大乱。

我毫不迟疑地甩脱剑鞘，刷刷刷连刺三剑，封住了烁芒的去路。

烁芒带来的侍卫一见势头不对，奋不顾身地冲杀过来，却被庭前的御林军挡住。双方拼命厮杀，场面惨烈异常。元帅身经百战，不慌不忙地指挥着御林军包围这群剽悍的亡命之徒。

突然，两侧的屏风轰然倒地，身着裙纱的舞女手持软剑，杀气腾腾，一拥而上。

她们将元帅团团围住，瞬间将他逼得手忙脚乱。剑啸百忙中抽身而出，替他挡住纷至沓来的剑光。

看到剑啸奋不顾身的眼神，我突然明白了很多事情。剑啸是元帅安排在我身边的人，用意显而易见。那封烁芒写给我的信，肯定不会送错。他原本就送给了我，只是我不在，被身为副将军的剑啸代收了，然后，剑啸把它转交给了葛长风。

此刻，我加紧攻势，长剑闪耀如匹练，逼得烁芒连连后退，终于靠在了墙壁上。我丝毫不敢放松，沉肘侧腕，冰凉的剑锋抵住他凸起的喉结。

我把剑往前送了送："告诉我玉漱在哪里，这是最后的机会。"

他努力向后仰着脖子，声音变得含糊不清："她……她……"突然，目光中挂满惊恐。

利刃破空声呼啸而来，一支袖箭从我耳畔擦过，噗地洞穿烁芒的眉心。

转身，我看见元帅扬起的手臂以及满脸的沉着。他终于杀了烁芒，可以借此取悦皇上了。然而，烁芒的死，带给我的只有绝望。

当，我手里的长剑在绝望中脱手坠地，有什么东西离剑而去。那是泠怡送给我的玉瓒，她一本正经地说是定情之物，一定要随身携带，否则，就再也不理我。我把它从脖子上解下来，镶在剑的吞口处，因为这把剑，只要我活着，就不会离开它。

……

八日之后，元帅的阴谋败露，被处以面烙之刑，流放到西域的戈壁。

他阴谋挑起内乱，然后趁机和北方的莫野族里应外合，直取中原，自己做皇帝。这也是他逼我向烁芒动手的唯一原因。

史曰：护国将军杜晦在晟平殿英勇御敌，遇刺身亡。

野史云：顾泠怡，原元帅府顾准之女，晟平殿之乱后，下落不明。

4

落花伊人独立，微雨宿燕双飞。一乘乌篷划破涟漪，激起浅浅的水波。我斟上一杯新酿的花雕，缓步走上船头，微笑着把它递给伫立在伞下的女人。墨色的长发笔直地垂下来，为她增添了几分成熟的韵味。

我拥着她，一起站在伞下。顿时这把伞，仿佛遮住了整个江南。

只是偶尔，我会想念，想念那个再也寻不见的身影……

代号 1047

——有那么多人对你一见如故，可是只有我，始终对你一往情深。

⏭ 文 / 林丽茹

1.走在了现实这滩水里，才会知道什么是身不由己

夜色渐浓，街上不再如白天熙攘喧嚣，零零星星地亮起几盏灯，还隐隐传来几声狗吠。“小姐您里边请，是吃饭还是住店呢?”店小二热情地跑到门口将秦宁迎进来，殷勤地问道。

秦宁压了压帽檐，打量着店小二一身短襟打扮。腰间的围裙簇新没染上半点油渍，甚至连折痕都没有。她微微一笑说：“小哥挺眼生的，我常来这酒馆坐坐，好像并没有见过你。”

店小二精亮的小眼睛转了转，点头哈腰赔着笑：“小姐原来是咱们酒馆的常客。不瞒小姐说，我是最近才来这酒馆混口饭吃的，现在局势动荡，养家糊口难哪。我也是打听了不少日子才知道这家酒馆原来的小二哥回老家了，这不，就顶了他的位置在这儿跑跑腿。”

“是吗？”秦宁不动声色地环视了一下四周。店里没有往常的喧闹，虽然也有几个人坐着喝酒，但却是安静异常。

她嘴角牵起笑容，声音清澈："我上午派人在这儿订了楼上的包间，你带我过去吧。"店小二高叫一声"好嘞"，就引着她向楼上走去。

"小哥，我知道地方，麻烦你先给我送一壶热茶，我在这儿约了人谈事情。"秦宁凑近店小二轻声说，言语客气。

"这个……"店小二抬头看了秦宁一眼，有些犹豫。她抬手间不经意地把两块大洋放在他手中，"就像你说的，时局动荡，这点儿留给小二哥贴补个家用。"

"好，那您先自己过去，从这儿左拐第二个就是您订的房间。我现在就下去给您上壶茶来。"店小二说罢转身走下楼去。

秦宁先是闲适地靠在栏杆上看着小二下楼，待到小二的身影一消失，她立刻从兜里掏出纸笔写了一个小纸条：情况有变，速离。然后左拐经过第一个房间时从门缝弹了进去。

"您的茶来了。"不多时店小二就上了壶热茶，茶一上桌就见腾腾的热气从青花纹路的陶瓷杯子上冒出来。

"这么快就上了壶热茶，你们这个酒馆什么时候做事情这么利索了?"秦宁坐在桌边低头看了看茶色，右手食指有一下没一下地在桌子上敲着，"还是只有今天，格外地利索？"

店小二面色惶恐，哆哆嗦嗦地说："不知道小姐是什么意思，我们这做小本生意的……"

"做小本生意的？呵，一身打扮是新的，招呼了一天的客人围裙也是新的，甚至连折痕都没有。哦，当然，除了你们几个，我连客人也没有见到，你们都当我秦宁是傻子吗？"秦宁打断店小二的话，语气先是意味深长，说到最后已经疾言厉色起来，伸手拿过桌上的茶壶摔在地上，碎片和茶水四溅。

底下人听见动静跑上楼来，一脚踹开门拔出枪对着秦宁。刚才还唯唯诺诺的店小二也变了脸色，从腰间摸出一把枪对准秦宁。

"秦秘书果然好眼力，怪不得处长对你那么赏识，连我，也觉得秦秘书真是出色极了。”伴随着说话声一个人走了进来，他有着一张年轻俊毅的脸，脸上挂着似笑非笑的表情，一身军装衬得他更加挺拔。

“科长，全都搜过了，其他房间没有发现任何人。”一个手下打扮的人进来汇报。薛卓没有说话，冷了脸色挥挥手示意那人退下。

“我说是谁安排得这么煞费苦心，原来是薛科长。怎么，怀疑我是总署的卧底？”秦宁不复刚才愤怒的神色，她把头上的帽子摘下来露出一张清丽精致的脸，看着默不作声的薛卓轻轻笑起来。

“薛科长是前几天挨了处长的骂所以到处发起疯来了吗？您抓不到那些民主人士、亲共分子那是您没本事。怎么，想拿我出气？现在没搜到什么心里很不痛快吧。”

“你！”薛卓听着这几句连讽带刺的话有些压不住火，指着秦宁还想说些什么。秦宁摆了摆手继续说道：“你看看我，怎么能说您没本事。当年你我二人同在军校的时候，我可是久闻大名，您作为军校精英在结业典礼上说过的话我到现在还记忆犹新呢。不过看你现在成了这副样子，我倒是有些遗憾。”

“哦？”薛卓挑了挑眉毛，伸手把身旁还对着秦宁的枪慢慢按下来，“秦秘书和我还是校友？这我倒不知道。几年过去，结业典礼上说过的话我都不记得了，难为你还记得。”

“是真的不记得了吗？你当时说，人应具侠义之范，尤其是一名军人。侠之大者，为国为民。”秦宁直视着薛卓的眼睛，一字一顿地说。

时间在这一刻似乎静止，“撤——”薛卓与秦宁对视片刻，一挥手下了命令。刚才还把枪对着秦宁的那些人听从薛卓的命令迅速撤了出去。

“秦宁，我怀疑你是卧底自然是有原因的。今天没有抓到证据，但是证据总会有的。我有我的信仰，淌了现实这浑水，才知道什么是身不由己。”薛卓在所有人都撤出去后，看着依旧不动声色的秦宁说道。

“你是个聪明人。可是你知道，在眼下的这个时局里，死得最多的也是聪明人，我希望我们不会成为敌人。”薛卓说罢一笑，遥遥地向秦宁做了个告辞的手势，也转身走出了房间。

“可我们已经成为敌人了。”秦宁走到窗边，看薛卓一行人坐上汽车扬长而去，喃喃说道。

2.我唯一不变的，是代号1047

“前天在酒馆怎么回事，是我的行踪暴露了吗？怎么会突然情况有变?”一个穿着长风衣的男人正焦急地在城郊的寺院前徘徊，看到秦宁过来赶紧询问。

“你没有暴露。薛卓从上次捣毁地下联络点的行动失败后就一直在怀疑我是埋在总署的那个卧底，竟然派人跟踪我。幸亏我发现酒馆里不太对劲，知道你在左拐第一个房间，于是报个信给你。先生现在是我们重点保护的同志，接下来的这个行动还要靠先生协助，怎么能让您涉险呢?”

秦宁说话带上些俏皮，伸手把一直戴在脸上的面纱摘下来，这是为了防止路上被人发现而做的遮掩。

“竟然是你。”风衣男人在看清秦宁样貌时显得非常震惊。

“先生认识我？”秦宁看着风衣男人把遮住半个脸的围巾拿掉，露出一张线条坚毅的脸不觉也愣住了，“是你，谢时君？”

“没想到又和你合作了，”谢时君善意地笑笑，“我上次看见你时还在东北，你还是川岛惠子小姐，没想到这次来西南区执行任务又遇到了你。我那个时候虽觉得你不像日本人，不过却从来没料想你是组织上的同志。”

五年前在东北，秦宁被组织上安排扮成日本艺妓川岛惠子，窃取东北警备司令部的情报，救出了一批被捕的组织里的骨干人物，却在最后一刻暴露。为了掩护其他人撤退，她身陷绝境，枪膛里只剩下最后一颗子弹，以为自己必然要死在那场劫杀中。她举枪对准自己的太阳穴，准备把最后一颗子弹留给自己。可谢时君出现了，他枪法极准，迅速射杀了最近的几个特务，一把拉住她逃跑。秦宁到现在还记得他宽大干燥的掌心和那张笑起来使人温暖的脸。他把她从重重包围中毫发无损地带了出来，给了她重生，也给了她希望。

“我已经不是川岛惠子了，我现在的新身份是西南区长官总署情报科秘书秦宁。”

秦宁稳了稳有些复杂的心情，踱步走到了寺院里的小石桥上，“西南区现在是敌特分子在大陆最后的依托，我前几天打听到他们要把一批数量庞大的军火运到芝南县。我判断那里是他们的力量核心，恐怕和平解放不是一件容易的事情。我们现在的任务，就是阻止这批军火运到芝南县，并且把它们毁掉。”

“好。”谢时君皱着眉头细细思索，“我接到消息说他们有一份‘猎鹰计划’，上面有详细的路线图，你看看是不是能想办法弄到手。弄不到路线图我们开展行动会非常困难。”

“我知道，我会尽快拿到计划，现在我必须回去了，你要注意安全。”秦宁戴上面纱转身要走，却被谢时君的话绊住了脚步。

“你上次是川岛惠子，这次是秦宁，下次不知道又会是谁，身份一直在变。到底哪个名字才是不变的?”

秦宁没有回头，她闭上眼睛沉声道：“像我们这样的人，从来都是做好随时赴死的准备，身份、名字，只要组织需要，只要我不死，这些都是不停在变的。唯一不变的，是中央局特工301部队代号1047，这是我的信仰。”

秦宁走后谢时君在原地站了很久。他永远都不能忘记，五年前看见她时，她一脸冷静独自与那么多敌人战斗。她在混乱的局面中像是浴血的凤凰，有着无声的悲壮，让一向谨小慎微的他不知道为什么在还不知道她的身份背景的情况下就不由自主地出手救下她。

在这三年里想过她吗？谢时君问自己。没有吧，毕竟只有一面之缘而且没有什么交谈。救下她后，他只来得及说一句“我是谢时君”，而她只是说了一句“川岛惠子谢谢先生”，就急匆匆地离开了。

可是这三年来每当自己觉得软弱艰难时，出现在自己脑海里的那双冷静坚定的眼睛，不就是她吗？刚才看清她面纱下的面容时，那种急迫的惊喜又是从何而来？

“谢时君，承认吧，你早就已经陷进去了。”谢时君点了一支烟，放在嘴里深吸一口，缓缓吐出一口烟雾，这样对自己说。

陷进去了。川岛惠子，秦宁。

代号1047。

3.我承认你是惑我心智的蛊毒，不要逼我杀了你

入夜。或许明天是个阴天，所以今晚的夜色格外深沉，连月亮也被厚重的云层遮住，到处都是一片漆黑。临安路23号的气氛有些凝重，一个一身黑衣的女子似乎要融进这样的夜色里。

从临安路23号那家戒备森严的别墅三层靠左的房间闭灯，到现在已经足足有一个小时的时间，秦宁确信三楼那间房间已经没有人。“猎鹰计划”势必藏在那个房间里，这是她半个月来费了不少力气才查到的消息。

这次上面命令薛卓全权负责“猎鹰计划”。薛卓早就怀疑她的身份，只是还没有掌握确切的证据所以无法发难。这次的行动至关重要，所以一直对她有所防范，甚至连计划里路线图的绘制也没有在总署里进行，而是又找了一个偏僻秘密的地点。

秦宁料想薛卓要在总署里监控着她同时还要保密，肯定不会常到路线图绘制的地方去查看进度，而他作为主要负责人也不能置之不理。所以为了掩人耳目，秦宁伪装成稽查队的人去电话局查了这半个月来总署所有的高层人员对外联系的号码。大多数号码她都熟悉，只有一个电话号码她非常陌生，而这个号码每到傍晚时分就会固定给薛卓打电话，显示的地点就是临安路23号。

秦宁去那里看了看，是一幢三层楼的别墅，欧式风格，早先被一个大户人家

买了下来，这两年不知道别墅的主人是谁。她仔细观察了一下四周的情况，发现这周围的把守非常严密，进出都需要特别的手令。而且薛卓手下的人几乎都守在了三层靠左的那个房间，她在下面也隐隐看到那个房间有不少人。于是她想“猎鹰计划”一定就是在那里。

明天晚上就是运送军火的日子，路线图肯定已经绘制完毕。只要现在把“猎鹰计划”偷出来，他们必定来不及重新绘制，这样明天晚上就可以去劫下那批军火，然后销毁。

秦宁为了抛开嫌疑可是下了大工夫。西南商会的副会长翟明远是个贪财又好色的人物，自从翟明远在秦宁刚刚来到西南参加的第一个舞会上见到她时就神魂颠倒，一直给她送花约她出来吃饭，可是她始终没有接受过他的邀约。

今晚他又派人请她去吃饭，本来不指望她会答应，可是秦宁竟一口答应下来。

秦宁听说今天白天学生在南街上进行了大规模的游行示威，要求释放被关押的民主人士，处长怕学生游行会对民众造成恶劣的舆论引导，于是派薛卓过去妥善解决这件事情。这一天薛卓都忙忙碌碌没有见到他的人影，这对秦宁来说，是个千载难逢的好时机。

“秦秘书真是难请啊，我翟某人请了这么多次，秦秘书才给我这么一个面子。”翟明远靠在沙发上，左手轻轻晃着高脚杯里的红酒，嵌在胖脸上的一双小眼睛溜溜地在秦宁身上打转。

“翟会长这是说的哪里话。我这样小门小户的人也蒙会长抬举，不如我们单独好好说说话？”秦宁坐到翟明远身边，拿起红酒往他杯子里添了些，眼睛若有所指地看了一眼站在周边负责保护翟明远的那些人。

翟明远万花丛中过，也是个懂得风情的人，立刻摆摆手让那些人都出去，没有他的命令不准进来。不一会儿偌大的房间里就只剩下秦宁和翟明远两个人。

“秦秘书……”翟明远笑眯眯地就想抚上秦宁的手。秦宁含笑伸手去拿桌上的酒杯：“翟会长，干杯。”

翟明远对秦宁绮思已久，秦宁向来没给过他什么好脸色看。今天美人格外热情，让他有些飘飘然，一杯接一杯的酒被秦宁哄着喝下，没多久就起了七分酒意。

“翟会长，我给您捏捏肩膀。”秦宁看翟明远醉了，笑着走到翟明远身后轻轻为他拿捏着肩膀，突然竖手为刀斩在了他的后颈上，翟明远肥胖的身子软软地瘫在了沙发上。秦宁看看时间，把穿在外面的军装脱掉，露出里面黑色的夜行服。她把面纱蒙在脸上，戴上帽子只露出两个眼睛，就从二楼包间的窗户纵身跃了出去。

万国饭店离临安路不远。秦宁悄无声息地搭在一辆运货车后面来到临安路。为了保证绝对安全，她在临安路23号前的草丛里等了一个小时，直到所有的灯都关上，警卫也都陷入疲乏阶段的时候，她知道，机会来了。

秦宁悄悄摸到别墅后方。这里没有阳台且窗户紧闭，警备也比较松懈。她仔细看了看，发现只有两个人端着枪在那里站着，已经昏昏欲睡的样子，手中的枪歪来倒去。秦宁从贴近脚踝的地方抽出两把锋利的匕首，看准目标向前一挥。只见匕首在咽喉处划过细细的一道，两个端枪的警卫连一声哼叫都没来得及发出，几乎是同时倒了下去。

秦宁不禁暗自高兴自己这么长时间没用匕首了但技艺还是没有生疏。她向来是刀比枪用得好，可是来总署做了卧底后已经很少有机会再用刀了。

秦宁看了看三层靠左的房间，虽然没有阳台，可是有一个窄窄的窗台伸了出来。她把腰间的钩锁拿出来甩向窗台边缘钩紧，然后像一只猫一样灵巧地爬了上去。秦宁借力一只脚踩在窗台上，扫视了一眼起码在里面上了三道锁的窗户，从腰间又摸出一把刀身极薄闪着寒光的匕首，从窗户中间的缝隙伸进去，顺着缝隙从上滑下来，用手一晃，窗户无声无息地打开了。

秦宁翻身进去弯着腰轻手轻脚地走到桌子旁，每个抽屉都打开来寻找一遍，最后发现只有最底层的抽屉上了锁。她轻轻一笑，掏出两段早就准备好的铁丝插进锁眼里，对准位置后轻轻向右一转，“咔嗒”一声，抽屉打开了。抽屉里只有一份文件，档案袋上印着“绝密”字样。秦宁赶紧打开来看，薄薄的几张纸绘制了密密麻麻的路线图，重要的地方还有注解。第一页的最上方印着四个字：猎鹰计划。

“你们今天看见秦秘书了吗？”薛卓今天一天忙得焦头烂额，和学生代表进行了一天的谈判，对方才答应先取消游行活动。坐在车上准备先回总署将文件起草一下的他，揉着眉心突然想起来已经一整天没有看见秦宁，心里霎时觉得空落落的，不由得顺口问了一句坐在前面的两个人。

“科长，我们今天一天都待在临安路，就是刚刚去接您才从那里回来。秦秘书没有见到，不过听别的兄弟说今天翟会长请秦秘书在万国酒店吃饭，我想秦秘书应该在那里。”

坐在副驾驶位置的人把他知道的情况都详细地汇报给了薛卓。

“翟会长请她吃饭？”薛卓看看表已经是晚上十一点半了。翟明远对她的那点心思整个总署人尽皆知，她竟然去和翟明远那个老东西吃饭，这么晚还没有回来。薛卓突然觉得空气被焦躁压得稀薄，他坐立不安无法呼吸，“掉头，去万国饭店。”薛卓命令道。

万国饭店整个二楼没有客人。薛卓暗自诧异，平常这里这个时间正是热闹的时候，今天却安静地诡异。

“你们这儿今天二楼怎么没有客人？”薛卓扫视了一下四周，问亦步亦趋跟着他的饭店老板。

“薛科长，今天二楼被翟会长包下来了，说是……说是要请一位重要人物吃饭，不希望被打扰。”饭店老板出了一身冷汗，不知道这个远近闻名的年轻科长为什么这个时间会带人到他的饭店来，且面色不善。

“重要人物是谁？在哪里？”薛卓双手紧紧地握成了拳，指骨泛出青白的颜色。

“在……在二楼尽头的那个房间，贵客……贵客是……是秦宁小姐。”饭店老板说话都结巴起来，也不敢有任何隐瞒。

薛卓只觉得全身的血液都沸腾叫嚣着要迸溅出来。他冷冷地看了饭店老板一眼，几步走到二楼尽头，果然看见有个房间门口站了好几个人。

“翟会长在里面，你们都站在外面干什么？”薛卓其实心里已经隐隐有了一种猜想，可是他不愿意相信。

“薛科长，我们会长和秦宁小姐在里面。会长吩咐我们没有他的命令不准进去。”为首的一个人解释道。他认识薛卓，曾经在聚会上有过几面之缘。

“我要进去。”薛卓整个人暴怒起来。

“现在可能不太方便吧。薛科长要是有事情找我们会长，可以明天去会长的府上谈。”对方毫不退让，态度渐渐强硬起来。

“你给我滚一边去！我今天来是来接秦秘书的，没什么方便不方便。连我的路也敢挡，信不信老子一枪崩了你。”薛卓拔出枪来指着刚才说话的那个人，然后一脚踢开了门。

里面的人吃了一惊。翟明远喝多了，一副睡眼惺忪的样子不解地看着闯进去的他；而秦宁，一身军装衣着妥帖地站在翟明远身后为他捏着肩膀，看见薛卓进去笑着说：“我以为薛科长今天应该很忙呢，没想到都这个时间了还不忘来监视我。”

“嗯？监视？什么监视？”翟明远晃晃悠悠地站起来围着薛卓走了一圈，“是你监视秦小姐吗？不用……不用监视……”他摆摆手打了个酒嗝，“秦小姐今天一晚上，都和我在一起呢。你看我，我都有些醉了。”翟明远呵呵地笑起来。薛卓厌恶地看了他一眼，对外面的人吩咐道：“翟会长醉了，你们把他送回去吧。”

外面进来两个人搀扶着翟明远向外走去。“真是醉了，脖子……脖子也有点疼，”他嘟囔了两句，突然又高兴起来，“秦小姐，下次再约你出来吃饭，你……你务必赏光啊。”

秦宁看着翟明远被架出去，笑了笑不置可否。这时一个人跌跌撞撞地跑进来惊慌地报告道：“科长，科长不好了！路线图、路线图半个小时前被盗了！”

“什么？”薛卓一惊，接着转眼盯住了秦宁。

“薛科长，这你可不能怀疑我。刚刚你也听翟会长说了，这一晚上我哪儿也没去，一直和他在一起。”秦宁摊开双手耸耸肩膀，语气轻松。

薛卓一把拽住秦宁的手拉着她向外走，饶是秦宁如此镇定的人此刻也有些惊慌，“薛卓，你放开我，你要带我去哪里？”

走过拐角已经没有其他人，薛卓抓着她的手腕把她按在墙上，将她圈在自己的怀抱里，一手扣住她的下巴。他离她只有一点点距离，鼻尖好像已经贴在了一起，空气都变得黏着，在他们之间似有若无暧昧地流转着。秦宁只觉得呼吸困难，想把头转向一侧不离他这么近，可是薛卓紧扣着她的下巴不放手。

看起来，他对她这样慌张无措、面色苍白的样子很受用，“怎么叫我薛卓了？你不是一直阴阳怪气地叫我薛科长的吗？秦宁，其实你都知道吧，我对你什么心思你早就清楚对不对？可是你一直装作不知道，这两年你一直装作不知道。”薛卓的语气是从来没有过的温柔。

“你真的不要激怒我，你知道我是什么都做得出来的那种人。我承认你是惑我心智的蛊毒，不要逼我杀了你。”薛卓伏在秦宁的耳边轻声说。秦宁的耳朵因为薛卓轻佻的动作已经红透了，可心里像是劈过了一道惊雷，轰隆一声，冷静和理智全碎了。

4.有那么多人对你一见如故，可是只有我，始终对你一往情深

秦宁一夜没有睡好，可能是昨天过得太惊心动魄。她拿到“猎鹰计划”后一路飞奔回到万国酒店从窗户翻进去，翟明远挨了那一下还在昏睡。那里似乎有些争执声，但看来在外面守着的人始终没有进来查看，还算一切顺利。秦宁穿好军装盖住里面的夜行服，然后对准翟明远脖子后面的穴位使劲按下去，翟明远悠悠醒过来：“我这是怎么了？我怎么睡着了？”他迷迷糊糊地看了看四周的摆设，还是在万国酒店。

“翟会长今天醉了。”秦宁还在为翟明远捏着肩膀，巧笑着说道。翟明远还

想说些什么，这时房门被一脚踹开，薛卓就站在外面。

后来，后来的事秦宁真的不想再回忆。她总觉得薛卓不一样了。秦宁原来以为他永远都是那样，冷静、严谨，天大的事也波澜不惊，好像所有的事情都尽在他的掌握之中，可是昨天薛卓的表现让她推翻了自己的一贯认知，变得不安起来。

其实她承认薛卓说得对。薛卓对她的感情她早就察觉到了，可是她不愿意让他有任何的希望。他们不是一条路上的人，永远都会站在对立面上。今天，明天，未来的每一天这样的敌对都不会改变。并且在她怦然心动的那一瞬间，她的心已经留给那个陪她共同患难、带她逃出生天的那个人了。

可惜，他不是。

她在还没有来到总署的时候就知道了薛卓。真正的秦宁在赴任的途中遭到暗杀，虽然被他们救下，但是没过多久就因为伤势过重离世了。组织知道这个叫秦宁的人是上峰直接下派的西南区长官总署情报科的秘书，她的工作有一定的保密性，很少有人知道她或者见过她，所以组织经过考虑决定派代号1047假扮成秦宁赴任，临行前告诉她，她最需要小心的，是薛卓。

薛卓在西南区名气很盛，是从少年时期就被重点培养的精英人才。任职西南区长官总署译电科科长，手里还掌握着特别行动队，几年来解决了不少棘手的事情，而且为人正派，不贪财、不好色，在西南区一带口碑很好。

秦宁在上任后没几天就看到了他。那是为处长庆祝生日时办的一个舞会，秦宁坐在一边看到他一个人坐在沙发上喝酒，目光随意地盯着舞池，有些心不在焉。秦宁注意到四周的很多小姐闺秀都在偷偷打量他。平心而论，像薛卓这样既年轻英俊又有能力的将才，的确有几分自傲的资本。

她正想着心事，突然看到眼前伸过来一只手："小姐，能否请你跳个舞？"她抬头一看，是个年纪四五十岁的中年男人，矮胖的身材裹着一件价值不菲的西装，肆无忌惮地打量着她，想请她跳支舞。

"抱歉先生，我已经有舞伴了，他马上就会回来。"秦宁对眼前的男人没有一点儿好感，婉言谢绝。

“那我就在这里陪小姐等你的舞伴。”中年男人狡猾地一笑，真的就要靠着秦宁坐下来。

“翟会长，您不跳舞来这儿干吗？我看那边陪您来的佳人要等着急了，”薛卓走过来拍了拍中年男人的肩膀，用眼睛向他示意了一下坐在远处有些闷闷不乐的会长夫人，接着又对秦宁说，“我们去跳舞吧，刚才出去醒醒酒，现在觉得好多了。”

秦宁为了赶紧摆脱翟会长立刻站了起来挽住薛卓的胳膊，娇笑道：“等了半天你才回来，你再不回来我就要跟别人去跳舞了。”薛卓挑着笑容拍了拍她的手，带她走进了舞池。翟明远只好心有不甘地走了。

“就你这样的，也能去跟别人跳舞吗？”薛卓看着秦宁笨拙的舞步嘲笑不已。

秦宁拿枪舞刀都很擅长，可偏偏跳舞是硬伤，怎么样都学不会。本来她就为这事感到羞恼，薛卓的嘲笑更是火上浇油。秦宁用细长的胳膊攀住薛卓的脖子轻轻笑着说：“是吗？今天跟薛科长跳了舞，就不是别人了吧。”说罢用高跟鞋狠狠踩在薛卓的脚上。

薛卓揽住她的腰，把她往前一带，紧紧地贴在他的身上：“跟我跳了舞，以后当然就不是我的别人了。”他把“我的”两个字咬得格外清楚。

从那以后秦宁就觉得他对她怪怪的。他平时对人既冷酷又严厉，但是对她总是一副玩世不恭的样子，间或还开些无伤大雅的玩笑，且对她一直关照有加。

女人的直觉告诉她，他对她已经不再是简单的同事之间的感情。她接受不起，只能一直装作不知道。

从什么时候开始他们之间渐渐成了剑拔弩张的关系呢？秦宁两年来暗中协助组织破坏了各种抓捕计划，救出了不少被抓捕的同志。秦宁来到西南区长官总署以后，薛卓组织的多次抓捕行动都失败了，而且极秘密的消息也会泄露。他多次受到处分，在总署的地位也大不如从前。他思前想后越来越怀疑还不够知根知底的秦宁是来总署的卧底，但是一直找不到确切的证据。两个人慢慢势同水火起来。

可是昨天他说的那些话还在她的耳边回响。薛卓送她回来时，看她的目光既挣扎又悲伤。她已经下车准备上楼，薛卓出来靠在车门上看着她说："秦宁，我知道这两年很多人喜欢过你，说你像他们的故人。可是只有我，只有我薛卓，对你一直一往情深。"这两年她为了探听情报也曾周旋在一些人身边，情话听了不知有多少。可是这一刻，秦宁是真的被感动了。

有那么多人对你一见如故，可是只有我，始终对你一往情深。

5.——"如果你的信仰和爱情相悖，你会选择什么？"

——"我会选择……死吧。"

秦宁把路线图交给谢时君后，心神不宁地在家休息了一上午。下午的时候又悄悄去城郊那个荒芜的寺院找谢时君。谢时君已经把路线图仔仔细细看了一遍。去芝南县只有两条路，一条大路一条小路，他们本来算准薛卓一定会带人走那条小路，因为小路距芝南县更近一些，行人稀少，不太容易惹人注意。可是拿到"猎鹰计划"的路线图一看，他们竟然走的是大路。

"幸亏有了这张路线图，否则我们去埋伏在小路上肯定会扑个空，这批军火就会被他们运到芝南县了。一旦这批军火抵达芝南县，那群狗特务肯定会顽抗到底。到时候伤亡会很惨重，想要和平解放西南区就没有那么容易了。"谢时君感慨不已，然后说，"我们把所有的兵力都集中到大路上去吧，毕竟咱们人员有限。"

秦宁反复地看着这张路线图。确实走的是大路，每一个支援点的兵力多少都标注得清清楚楚。可她总觉得有什么地方不对劲，她来回踱着步想了又想，突然灵光一闪，她抓住了疑虑的关键。

"他们肯定走的是小路，这张图是为了掩人耳目。"秦宁把手按在路线图上肯定地说。

“你怎么知道？”谢时君有些不解。

“这张图没有疑点，但它最大的疑点就是太完美了。路线经过的每一个地方，每一处的兵力部署，甚至连配置的主要武器都写得清清楚楚。这样一份图没有一个月时间是做不出来的，可从总署接到‘猎鹰计划’到现在不过半个多月的时间。为什么会有这样一份尽善尽美的路线图？肯定是之前就绘好的，目的就是误导我们。所以我断定，他们今晚走的，一定是小路。”秦宁语气笃定，谢时君又看见了几年来一直在他眼前浮现的那双眼睛，冷静又坚定。

“好，我这就去布置，成败就在今晚了。”

晚上九点，秦宁、谢时君一行人已经在此埋伏了三个小时，却一直没看见有人来。谢时君有些担心，唯恐秦宁判断失误，他们今晚会失手。

“嘟嘟嘟……”一阵汽车喇叭的声音打破夜的寂静，车灯昏黄的光远远地打过来，“果然是小路，他们来了。”秦宁和谢时君无声地对视了一眼，松了口气。

轰隆！在军用货车刚刚转过弯时就触到了埋着的地雷，顿时，货车四分五裂地炸开了。后面立刻涌出手拿机枪的队伍，对着草丛扫射起来。

“时君，刚才炸的那个不是运送军火的车，那辆应该是先出来探路的。真正的军火车应该在后面，你掩护我，我去后面把它炸了。”秦宁叮嘱着谢时君，拿起一个手雷就要往那辆被炸开的车后面跑去。

“秦宁，太危险了，你留在这里我去。”谢时君一把抓住秦宁的手腕，不让她去送死。

“我已经暴露了，但是你还有更大的作为，还有更多的战斗等待着你。”秦宁挣开谢时君的手，头也不回地跑去。

她猜得没错，后面果然还有一辆军用货车。今天这批军火至关重要，但是运送的人竟然不多。她慢慢移到距离军火车较近的地方，刚想拔开手雷扔过去，还没来得及动作就觉得身后有一把冰冷的枪抵住自己。

“秦宁，果然是你。”薛卓的声音清冷，“破坏我抓捕行动的，通风报信的，窃取秘密情报的，偷盗‘猎鹰计划’的，都是你！你真是一个太聪明的人，我怀疑你这么久，都没抓住你的把柄。可是你还记得我说过的话吗？在眼下这个时局，死得最多的，就是聪明人。”

秦宁听见手枪上膛的声音。她哈哈一笑，朗声道：“对，这两年来你一直猜得都对。可是又能怎么样呢？你已经失败了，你以为你们今天走得了吗？就算是我死了，你们区区几个人能把这批军火送到芝南县吗?你明明知道这批军火一旦到达芝南县，西南区就没有办法和平解放，到时候有多少无辜民众会死于一场本可以避免的战争？薛卓，你从军是为了什么，现在你都忘了吗？”

秦宁敏锐地感觉到身后的薛卓一愣神，拿着枪的手也有些微的颤抖。她猛地转身抬手劈掉了薛卓手中的枪，从腰间摸出手枪直接击中薛卓的胸口。

这些都是一瞬间就完成的事，可是好像拉长的慢动作。薛卓倒在地上的场景在此后的几年反复出现在她的梦境里。她拿起掉落在身边的薛卓的枪，打开弹夹，发现里面没有一颗子弹。

“我从没想过要杀你，”薛卓吐了一口血，可他仍是笑着，“我怎么会杀你。侠之大者，为国为民，其实我……我一直都记得，可是身不由己。我死后，你炸了这批军火，这也不会……不会违背我的信仰……”他捂住从胸口汩汩流出的血，面色苍白地看着呆立在他前面的女子。

“我现在只是想知道，你……到底是谁。”

秦宁好像没有了思考能力，她只是呆呆地说：“我是特工301部队代号1047。”

“代号1047……”薛卓想起没遇到她之前，一次与处长闲谈，那时候他还意气风发。处长问他：“如果有一天，你的信仰和你的爱情相悖，你会选择什么？”

“我会选择……我会选择死吧。”他半真半假地用着玩笑的语气说，“连爱情都保护不了，还要信仰有什么用。可是为了爱情放弃信仰，我作为一个军人做不到，所以没有办法，只能选择去死了。”没想到多年后，一语成谶。

“代号1047……”薛卓重复着，费力地对着她的方向摇晃着伸出右手，“我……是真的……真的……很……”后面的两个字他没有说出口，最终他也没有说出口。手臂缓缓地垂了下来。

在中央局特工301部队代号1047的帮助下，组织完美地完成了“猎鹰计划”的劫杀，摧毁了芝南县的核心力量。西南区和平解放，组织上想把1047调配到条件更好的地方进行工作，可是她拒绝了，一直以“秦宁”的身份留在西南区。好像为了纪念什么，一起留下的还有在此次行动中有着卓越贡献的谢时君同志。

又是一年清明节，秦宁一身黑色的衣服，冒着蒙蒙细雨去山上看薛卓的墓。她没有撑伞，细雨打湿了她的头发。她平静肃穆，只是站在那里看着墓碑默默无声。

“叔叔，下雨了，你不回家站在这里看什么？”一个赶着羊群回家的小姑娘看着谢时君站在山下，微抬起头向远处的山上看去。

“我在看代号1047，”谢时君弯腰拍了拍小姑娘的脑袋。看着她不知所云地扑扇着大眼睛，他笑着继续说：“我在等她。”

PART 10

人去空流水，花飞半掩门

孤 岛

⏭ 文 / 苏吉

时至今日，我在中国银行的自动取款机前仍然感到手足无措。我有一半的概率成功进入操作界面，也有一半的概率退卡重新插入。我怀疑我患上了和脸盲症同一个性质的病，叫银行卡盲症。特别是在背后还有两双紧盯着我不肯放松的眼睛，而且眼睛的主人谈话的内容涉及了我即将输入的银行卡密码以及存款余额的时候，我银行卡盲症的病情瞬间加重了不少。这让我十分难为情，因为我满足不了后面两个女生的窥探癖。好不容易完成了操作，原本打算在转身时故作凶狠的表情，却在两双裹着黑丝的长腿前兵败山倒。古龙说，一双长腿是女人最好的武器，可攻可守，可进可退。于是我在和那两个女生擦肩而过时，视线下移，目光如水。

2013年8月底，我坐上一班晚点了一个多小时的绿皮火车抵达大学城。这列绿皮火车老当益壮，身板硬朗，从新中国成立前一路潇洒无视时光地开往了2013年8月底的大学城。老物不是被收藏就是被埋藏，大都没了实用价值。我很佩服这火车的精神，但也不能让我在感官上停止对它的厌恶。车厢里气味难闻，我头晕了一路。在劫后余生的情况下，迎来了我的大学生活。

两个多月以后，我和一个大我一届的师姐谈起了恋爱。她跟我说，大学城其实是一座孤岛，在岛的边缘长了一圈密密麻麻的针叶蕨类植物。后来，我阴差阳错地走到了一座连接大学城与对岸的桥上，桥上有很多情侣。我一个人站在桥边，盯着针形的叶片看了好久。有一只通身雪白的鸟在附近的湿地上徘徊，随后拍拍翅膀飞走了。

在念小学三年级的时候，我是一名住校生，每天吃饱饭没事干，拿个排球在操场上和其他人瞎玩。有一天傍晚，附近中学的两名初中生跑过来管我们要排球玩。我们都不敢吭声，因为两名初中生都比我们高出一个半头。球在我手上，他们就伸手过来抢，我紧紧抱住球死活不肯松手。其中一个人用力掰开我的手，另一个人就迅速把球抽走，并且把我推倒在地。临走前，他们说要去体育馆玩一会儿，让我攒够狗胆就去找他们。我知道弱肉强食本来就是一件理所当然的事，这个世界上有很多理所当然的人坦荡荡地在做着理所当然的事情。

我手上火辣辣地痛，直接和水泥地面摩擦的地方血肉模糊。我跑回教室，打开笔盒，挑出削铅笔的小刀。刀刃还算锋利，没有生锈，每次削完铅笔我都会仔细地把刀来回擦拭。我右手的拇指和食指捏住磨砂质感的刀柄，中指为辅，血肉相抵。但最后我也没有去体育馆找那两个初中生，因为我不是庖丁，剔不开骨肉，更不能视人为牛。

那一天的孤立无援我记得很清楚，我在夕阳余晖中被人推搡在地，在讥讽声里我四面楚歌，英雄气短。我爬起来，拍拍身子，回到教室，举起削铅笔的刀，两手颤抖。然后我把刀狠摔在地上，向前一步左脚踩住刀刃，蹲下身，右手发力把刀子给折断了。

自那天起，我一口吞掉了夕阳。我受不了它对着我说："你本身就是一座孤岛，没有人会登上你的陆地，没有人会为你停留。你由始至终都是一个人。"

也是从那一天起，我加入了小学唯一一支课后科研小分队。小分队以研究未解之谜为己任，最为突出的科研成果是，我们发现了女生厕所里没有尿兜。这表面上看起来没什么，但是在巴西热带雨林里扇了扇翅膀的蝴蝶也能引发美国得克萨斯州的一场龙卷风。因此上述的科研成果成为一场声势浩大的性启蒙运动的开端。

科研小分队抓住了“女生厕所里没有尿兜”这个点，决定顺藤摸瓜，彻查男女生身体结构的差异。自然科学课上，老师教导我们要想研究一个物种，最好是抓一两个活体来观察。接着，科研小分队遇到了一个天底下所有男人都得面对的问题：如何让一个女人心甘情愿地把身体交给你？

写到这儿，我想大家都清楚，所谓的科研小分队不过是聚集了一群不务正业的学生的小团体。我以为，按照孙武的观点，我必须要成为像那两名初中生一样的人以后，才能击败他们。幸运的是，性本善的儒家思想存活的时间比苏武的长一点，前者对我的影响远比后者要深。

在科研小分队最后一次例会上，队长提议我们干脆找个女生霸王硬上弓算了，反正只是看看，大不了给对方看看我们的。这样一来，谁也不欠谁的。小分队的其他队员拍手叫好，整装待发，野性勃勃。队长阴阴地笑，身直腰硬，头发油亮。

我断然拒绝了。我说这不是耍流氓吗，我妈知道了非打死我不可。

队长和其他人盯着我看，脸色诡异，异口同声地喊道：“我们就是流氓啊！我们就是流氓啊！我们就是流氓啊！”他们的声音越来越大，把我的耳膜都快要震破了。我很害怕，转身拔腿就跑，慌不择路间一连摔了好几次。我听见他们的嘲笑声，我捂住双耳，从此与世相安。

每一个大学生都得经历一次痛彻心扉的军训，辅导员说这是对我们心智的锻炼，有益于我们良好品德的养成。瞎扯淡！

上大学以前，大学是催化剂，催人上进。上了大学以后，大学还是催化剂，催人腐化。国内教育目前只有两种方式——圈养和放养，用在畜牧业上也一样奏效。

第一节思修课，老师提问：“如果只能选一样东西，你们最想要什么？”思修课是公共课，不像专业课那样严肃古板，比较随性，发言的人比较多。但同学们的答案大同小异。隔壁班的一个男生站起来说："我想要自由。"他还特地举了个例子来证明这个问题：以前部门开会时，他迟到了，被部长狠狠批评了。他对他的部长说："我想迟到就迟到，关你什么事！"完了，他还加了个注释：我这个人就是不喜欢被束缚。

当时我在看王朔的《过把瘾就死》，正在酣处。纵使如此，这个男生的真诚率性还是深深打动了我。我站起来问他："那你为什么要穿衣服？"我时常在想，自由不过是一种小巫见大巫的东西罢了，没有人可以获得不被束缚的自由。那样的自由或许只有上帝才配拥有，但是钱钟书推论说上帝是极其无聊的存在。而尼采给出的答案更加直接，他说世界上根本就没有上帝。

我在2013年8月底坐上一列绿皮火车，一路带着摇晃的梦境，来到大学城。我从一个偏远的南方小镇来到一座孤岛上。这座岛的零点时分，街道冷清，灯光迷离。有时候我一个人走过一个又一个路灯，觉得自由唾手可得。但我分明知道，这只是镜花水月，在规则下我根本就没有自由可言。林夕曾经写过：得不到的永远在骚动。我渴望自由却又得不到，我内心苦痛，我进退维谷。数学书上说，对比是解决问题的有效方法。为了例证一个人有多自由，我决定找一个女朋友。

写到这儿，我想大家又该明白了，上面一段文字纯粹是我在瞎扯淡，我这样写只是为了引出一个正常的爱情故事。军训完了以后，大二的直系师兄师姐们说要搞一个联谊晚会，请大一到大四的同系兄弟姐妹们来热闹热闹。我们包下了饭堂的三楼作为场地，三楼摆着许多圆桌，大家就坐在一块儿大眼瞪小眼。为了体现联谊晚会的价值，我坐着只顾吃喝，从不开口搭话。这时，坐在隔壁桌的师姐突然开口，声若洪钟："给你们介绍一个大二的师姐，她叫没节操。"

我顿时起了好奇心，转过身子。声若洪钟的师姐还在说话，在她旁边挤着一个看起来肉肉的女生。女生穿着一件白底红肩的T恤，浅蓝色棉质短裤，脚踩一双卡通拖鞋，嘻嘻地笑。

我问她："你节操哪儿去了？"

她说："早掉了。"

我说：“那为什么不捡回来？”

她说：“我找不到了。”

我说：“就在你脚边哪。”

她二话没说，俯下身子就做了个捡的动作。

她说：“谢谢你，托你的福，我又找回我的节操了。”

我说：“恭喜你。”

进入大学两个多月以后，我和一个大我一届的师姐谈起了恋爱。她跟我说大学城其实是一座孤岛。我叫她小T。

在我念初中的时候，我特别不喜欢在路上跟别人打招呼。在我的观念里，如果跟别人打了招呼，就有义务把这个谈话好好继续下去，哪怕像在完成一个生硬的任务。我这个人尤其不善言辞，而且我认为有益的谈话是不会发生在路边的。这样看起来，我应该是那种冷僻、孤傲、离群索居的人；但恰恰相反，我热情大方、平易近人。自小学三年级以来，尽管我的优点闪闪发亮，却无人问津。

这是因为小学三年级时科研小分队集体掀裙子事件留下的恶果。科研小分队其他人的作风恶劣，当众齐刷刷地掀女生裙子，被校方通报处分，还被各自的父母狠狠修理了一顿。于是科研小分队一众人把气出在我身上，他们指责我是叛徒，扬言要将我从流氓界除名。这很正常，吃了败仗，皇帝也只能把气发作在弱势群体上，从不敢直接和敌方叫板。更加不幸的是，我再也回不去原来的圈子了，他们说我是流氓，是敌对分子。

王小波在他的阴阳两界可以自如游走，我只能在阴阳两界的夹缝里艰难求生。我再次捂住双耳，与世相隔。

我在一个装满了一百多人的教室里“心远地自偏”。我幻想自己是一座孤岛，在浩瀚的海洋上漂荡有时，休憩有时，自生自灭，随心所欲。日复一日，我逐渐学会了自我安慰。大清王朝在慈禧手上没了好几块，她仍然可以说文化礼俗我国第一，不妨效仿孔融。可见自我安慰力量之大足以颠倒黑白，这一点在阿Q

身上得到印证。

平日里同学们躲我如避邪，我也乐意立于无人打扰的世外桃源。我不断地看闲书，练字，在练习本上涂鸦，编一些志怪故事吓人吓鬼。不料我这样与世无争，还是免不了被卷入红尘。一天傍晚，我吃完饭回到教室，教室里桌椅歪乱，空无一人。我回到自己的座位上，准备掏出闲书再战一场，却意外地掏出了一封信。

铺开信纸，满满的铅笔字，字迹潦草，比教室的桌椅还要歪乱。信是一个女生写的，起码信上是这么说的。她还说，为了隐藏身份她还特地改用左手写了这封信。信的大概内容是说她很欣赏我独来独往的忧郁气质，希望我可以某年某月某时某分在一个鲜有人去的楼梯拐角与她单独见上一面。

收好信。

我绝对有理由相信这封信是科研小分队的潜藏人员干的，此前我不时会收到他们的一些咒骂信或是一些小动物的尸体。我觉得这次的情书是一个新的陷阱，我如果按时去的话肯定会踏空中招。但是经过再三思量，我最后还是去了。人什么都可以辜负，就是不能辜负别人的情意，这是普通人的短板。结果很是喜闻乐见，我去了那个楼梯拐角，没有人在。我等了半个小时，还是芳踪难觅。

我傻傻地站在那里，夕阳已死，夜色渐重。

苏格拉底对他的学生说：“认识你自己。”我站起来问他：“我是谁？”苏格拉底没有说话。我又问他：“那你是谁？”苏格拉底一会儿看云，一会儿看我，忽地一笑，拈指莲花：“你猜？”

每次跟小T在一起，我的话特别多，简而言之就是废话特别多。刘震云的一句话抵得上我一万句。通常情况下，小T插不上话，只能用眼光来插我。一天中午，我们走在宿舍楼后面的校道上，路面黑沉，树大如盖，日光下泄。我照例话多，小T照例眼光多。我刚说完一段话，想要转过头去看小T，小T的目光与我交会。我在她的眼里看到了我，周围阳光纷乱。就在这一瞬间，我变成了小T，小T变成了我。

因为小T跟我是同一个专业的，而且她比我大一届，我在修的科目她当年也修过。所以小T笑吟吟地拿着我的课表，告诉我哪些专业课可以选逃、哪些公共课可以必逃。然后小T拿出草稿纸一本正经地划分出我们可以同时翘课的时间段，继而算出我们待在一起的时间的最大值。小T喜欢干这种事，每天都乐此不疲。

在还没发明镜子之前，人们对于自我的认识大都停留在他人的描述和自我的感触上。看山自觉是山，看水自觉是水，洗不洗澡还得看别人脏不脏。镜子出现以后，我们却越发不相信现实，改信整容医生的手术刀。而情侣从来不用镜子，他们的眼里住进了潘安和西施。当小T赞美我低调奢华有内涵的时候，我讪笑着没有回应。我怕的是我符合不了小T想象中的模样。

有时候我们手拉着手在中心湖的草坪上坐下，像被驱赶出伊甸园的亚当和夏娃那样紧紧相依。湖清面皱，水草招摇，湿润的气息包裹着我，仿佛在母胎中，我的身体在黏稠的液体里轻轻摇晃。小T一直盯着我看，眉眼如弧。于是我写下一首没有韵律的诗：

我在一座孤岛上

我见过它的日落，却没有见过它的日出

繁荣的川流不息

枯黄的老街叶落

从入口进，从出口走

提西裤的男人、学生情侣、妆容精致的女人

小男孩惊喜的呼喊

还有腐烂的钢铁

冷漠只是挨近的距离一言不发地审视

我终于找到了一根肋骨

路灯不再孤单

我们陪着它在路上

我试着记住我们经过的每一个路名

这座岛迎来了冬天

却温暖如春

根据牛顿惯性定律，我沉默寡言的习惯一直保持到初中结束。我凭借不错的中考成绩来到一个全新的环境上高中。借着这个机缘，我热情大方、平易近人的性格得以大放异彩。是的，我变成了一个话痨。但旧势力的残留比想象中还要顽固，直到现在我在人前仍然会感到局促不安，羞于启齿。综上所述，我是一个具有选择性的话唠——非相识不话痨。

这就牵扯到了一个简单的推理问题：首先我得有相识，才能成为话痨，继而得出上述的结论，对吧？我话还没有说完，苏苏就用指节敲我的头，说："别这么废话，挑重点的说！"

苏苏是我高中时期极为要好的朋友。当然，苏苏是女的。苏苏长着一张适合在图书馆偶遇的脸蛋，说是恬静文雅也毫不过分。但女生总喜欢为难挑剔自己，若维纳斯雕像张口能言，恐怕也会抱怨自己少了条手臂少了美感。苏苏对自己的身型略有微词，尽管在我看来，苏苏属于有肉却不显肥腻的类型。

按照哲学的观点：量变才能导致质变。我和苏苏的关系也并非一蹴而就，话痨也是通过一句句废话的锻炼才练就的。高一时苏苏和我同班，交谈不过五指之数，内容也无关痛痒。到了高二文理分班，我们在不同的教学楼。这下子我们如隔银河，脉脉不得语，因而格外珍惜碰面的机会，每次见面都得聊到肺腑。

有一次我邀请苏苏去我的教室坐，顺便让她感受一下理科班男生的魅力。因为雄孔雀只为美丽的雌孔雀开屏，雄孔雀一瞄到班上的理科女就倒地抽搐，开屏乏力。当时天气比较热，苏苏穿了双拖鞋哒哒哒地就往我教室里走，马尾左右晃悠，手里还拿了两瓶冷饮。苏苏一见到我开口就说："你上次在我的本子上留的字太丑，内容也有装文艺的嫌疑。"

看我以前多矫情，还跑到别人的教室给她留言。其实留言和日记同一个性质，都不足为外人道也。区别在于留言可以两个人共享。那时我专门挑冷清的时间去苏苏的教室，留言的内容无非是对生活的抱怨以及对未来的期望。

我问："我写了什么？我都忘了。"

苏苏双眼蔑视我："我都不好意思回忆了。你居然抄了个罗素的句子，说什么人之所以感到悲哀是因为无能为力。"

我说："这不是挺好的吗？"

苏苏再次蔑视我："那是！罗素都说到你心坎里了，你俩一样无能。"

我……

总而言之，我们进行了一次友好的双向交谈。但这事儿还没完，关于这次友好会面有一个后续的小插曲。翌日，我来到教室，教室里的饮水机居然罢工了，水资源正是短缺。而我发现苏苏没喝多少的冷饮居然留在我的桌上了。To drink or not to drink?莎翁对我的心灵进行了拷问。我进退两难，只好向前桌的袁子求助。

他问："你口渴吗？"我点头。

他又问："喝过这瓶冷饮的女生你讨厌她吗？"我摇头。

袁子打了个响指，"那你犹豫什么！"

袁子一声棒喝，惊醒局中人。

我立即释然，大大方方拧开瓶盖，舔上瓶口。后来我把这件事说给苏苏听，她耳朵有些发红，怒目圆睁，恨恨地骂了句："变态！"

岁月如流，旧时光和我们背道而驰，我们不断往前，不断忘记，不断想起。苏苏跟我说："我才不要在毕业那一天去找你，跟你说再见。如果在路上见到了你，也不要说话，又不是以后不会再见了。世界这么小，我肯定可以找到你的。我才不要搞得像生离死别一样。"

前些日子，苏苏给我邮寄了一本书，书名是《从你的全世界路过》。

在QQ上，我跟苏苏说，我最近在写一个小说，叫《孤岛》。

苏苏回复我：你是孤岛，那我是海洋。

小T的初恋不是我，这一点我很清楚。

小T和我聊起初恋这个话题，是在万圣节的夜晚。当时我们坐在篮球场隔壁的斜坡上，篮球场内在举办化妆派对，百鬼夜行，灯色斑斓。我侧着脸，陆离的灯光正好打在小T身上。小T一身黑衣，轮廓柔美。我猜我是在那一瞬间喜欢上小T的。

又扯远了，看来我果然是个话痨。废话少说！小T大一的时候对她所在部门的某位男性部长暗生情愫，深知守株待兔之害的小T决定主动出击，顺利收获捷报。但战争风云变幻莫测，小T最后还是赢不到结局，男部长最后提出了分手。

而小T是我的初恋，小T总是见缝插针地盘问我："跟我在一起，会不会觉得吃亏？"

我说："当然会呀。"

小T作势就要掐我，弄不好还要咬我。

我们总喜欢在枯燥无味的重复中寻找乐趣，乐此不疲犹如逐尾的猫。小T在散步的时候希望路途和时间能够无限延长，这种幻想简直能与永恒的快乐比肩。有时候，我们在路上发现一些下水道的井盖噌噌地往外冒水。我对小T说："这座岛恐怕快要沉了吧。"

小T连眼皮都没有抬一下，说："我管它沉不沉，反正我抓住你就够了。"

我是一个极其迟缓的人，比如我买了一双鞋子，一定要用一个星期才能确定它是否适合我。因此，袁子说我是败家子。我纠正他说，败家是富贵子弟的专利，我只是一介贫民。我的迟缓在交友这个方面也有所表现，袁子坐在我前面半个学期，我才敢用圆珠笔戳他后背。

九把刀一针见血地指出，每个故事里面都会有一个胖子。但袁子的体型处于瘦子之上胖子之下的尴尬区间，无奈之下我只有把袁子看作半成品胖子。袁子是我高二的同学，性格开朗，素有笑面佛的美称。但袁子对这个称号不以为然，他说笑里藏刀的人不是什么好东西。不管怎样，袁子的平易近人吸引了我的平易近人，在半个学期以后，我们终于凑到了一块儿。

高二第二学期开学没多久，我所在的班级连同其他五个理科班一并搬到了远离主教学楼的实验楼。大家都知道高中的实验课形同虚设，所以实验楼人迹罕至，连校领导也甚少涉足。这样一来，实验楼倒成了学校里难得的净土。但是自从我们搬到实验楼以后，这里滋生了一群牛鬼蛇神，每天好不疯狂。与行为的异常相比更要命的是思想的腐化。我感觉迟缓，跟不上腐化的节奏。而袁子百毒不侵是他的基本技能。可是这与当时实验楼的大背景十分不符，历史上与大背景不合的人最终下场都很凄凉。我和袁子都清楚这一点，我们对视一眼，然后叩掌而歌，暗合庄周，歌声清越绕梁不止。

袁子有一位红颜知己，姓李，我叫她小李。因为小李的热血程度和木叶苍狼李洛克有得一拼。小李在主教学楼念文科，每天下午放学后必然会千里迢迢跋山涉水地来找袁子谈心，然后在茫茫暮色中共赴食堂。平心而论，小李落落大方，不惺惺作态，难能可贵的是还拥有足以重走长征路的热血。因此小李的每次到来总能得到同学们的掌声和欢呼。

袁子私底下经常为此而烦恼。假如小李对袁子有好感的话，袁子完全可以把同学们的掌声和欢呼转换成婚礼进行曲。假如往往不能成真，所以很多人都烦心，袁子只是其中一员。袁子曾经在酒后对着我呕吐了一阵，所幸的是他也吐了真言，不然我会狠狠蹂躏他的小肚腩。袁子一边吐一边说：“小李，我真喜欢你！”

我了解袁子的苦闷。上文提到我在初中时期曾收到一封用左手写的情书，后来我经别人指点，终于得知写信人是一个长得还不错的妹子。我为此还窃喜了好一阵，可惜的是知道这件事时我已经上高一了。可幸的是妹子居然追查到了我高中所在的位置，又用左手给我写了一封歪乱的信。信上说她不喜欢我了，并且说我是个好人。读完信以后我整个人都不开心了，自己没有一点收益。我对袁子说“无论是暗恋还是被暗恋都不是讨好的事情，你自己要拿捏好，千万不要一子落而输全盘。”

袁子经常夜不能寐，哀叹连连。我也只能被失眠，陪袁子到天台看星星、聊天。那一段时间，袁子无端走起了文艺路子。实验楼隔壁有一方小湖，小湖临山，山有小口，流水潺潺。偶有白鹅戏水，于草丛中流连。袁子见此光景，哀愁地说："这般美景竟用可恨的铁网围住，莫不是这世上的美景都不许他人窥看？错，错，错。那关于小李的美景，我何时才能一探究竟？"

后来，在高考结束的那一天晚上，袁子终于鼓起勇气向小李表白。小李先是一愣，说："你在开玩笑吧？"袁子的立场坚定，又重新表白了一遍。小李面露难色，说："我只是把你当成闺蜜呀。"袁子掏出身份证，借着月光再次确认了自己的性别，对小李说："我想做你的男性朋友。"小李顺着袁子的话说："那我们还是做朋友吧。"

袁子伤心欲绝，但不敢死，于是找我到天台喝酒消愁。我对袁子说："还记得我们唱过的歌吗？"袁子点点头。星空之下我们叩掌而歌，歌声清越，直到月沉露重。

我喜欢捏小T肉肉的脸。每次小T惨遭我毒手后，总是鼓起腮帮一脸幽怨地盯着我看，我乐不可支，随即去戳小T气鼓鼓的脸蛋。有一天，我再也提不起兴趣去捏小T的脸。于是，我们分手了。

那是在临近寒假的一个夜晚，街上没什么人，干冷的空气凝固在我和小T紧紧扣住的手上。先是拇指，接着是食指、中指、无名指和小尾指，我在小T的左手里将右手剥离。小T的左手孤零零地暴露在空气中，僵直不动。小T低着头，像是在观察自己的左手。过了好一会儿，小T的左手才肯躲进口袋里。

小T仰起头，问我："为什么？"

为什么？

我也在问自己这个问题，我有什么理由向小T提出分手——我到哪里再找一个小T？她听得懂我说的内涵段子，肯陪我看动漫版的《死亡笔记》，敢和我在三更半夜穿过黑漆漆的中心湖，还可以忍受我的脾气。我们一起装疯卖傻，只愿朝夕相伴。

扎西拉姆多多曾为她心中的少年写下诗篇。她以为这是一个诺言：你要明媚地笑，等我满身风尘地回来认取。可惜少年易老，诺言已碎。我也为小T写过一首诗，我也以为它会是诺言。但诺言有时就像是谎言，用来骗人骗己。我根本分不清诺言和谎言，这一切或许应验了杨绛为《围城》做的注解。

“如果你想要一个理由，那好，我不喜欢你了。”

“哦。那我先回去了。”

小T转身，抬腿，说：“别以为我会挽留你，我没这么廉价。”

脚跟落地，抬腿。小T突然回身抱住我，语带哭音：“你为什么不喜欢我了，你为什么不要我了，为什么……”

我暗叹了一口气，摸着小T的头说：“是我太没用，我承受不了两个人的生活。我单是应付自己的生活就已经手忙脚乱了，根本顾及不了你。”

和小T分手以后，我一个人去吃饭，一个人去图书馆，一个人去中国银行的自动柜员机取钱，一个人在一座孤岛上。我恢复了自由，却觉得我从来没有拥有过自由。

寒假过后，课表里出现了一门叫大学生心理素质教育的课程。第一节课，授课老师抽中我做了一个心理测试：请说出你对女朋友的三个要求。我说，首先她得会说日语，其次身材诱人，最后是具备一定的演艺经验。坐我旁边的男生心领神会地哈哈大笑，老师也笑了，说：“这位同学肯定没有谈过恋爱。如果你有过恋爱经历的话，对对方的要求应该更细节，比如是关心体贴什么的。”

老师，不是这样的。

我想说我是谈过恋爱的，那个女生还跟我说过好多好多话。

她说：“你不要总是嬉皮笑脸的，我很没有安全感。”

她说：“跟我在一起会不会觉得吃亏？”

她说：“找个时间我们去漫展好不好？”

她说：“我想和你去好多地方。”

她说："你为什么不喜欢我了？"

她说："我喜欢你。"

她说："混蛋！"

……

"拜托帮我一个忙。"

"什么？"

"可以把我拉黑吗？"

"好的。"

"谢谢。"

"不用。"

其实每一个人都是一座孤岛。我们隔岸相望，期待有一天终能相见。有时候我们撞上了，相遇不过一瞬。尽管带着伤痛，我们还是珍惜一瞬的相遇。因为清楚地知道下一秒我们就要分开。我们眼含泪水，依依惜别，但我还是要说："再见。"

在最深的青春里遇见

文 / 木目

和你遇见，终究在我青春的崖壁上镌刻了最深的怀念。时光如锤，风雨似刀，在无涯的岁月风雨中，会愈来愈深刻吗？无法遇见的就当作一块块石头扔进未来的洞穴，悄悄地静待回音。

我们是通过共同的同学王认识的，你说你喜欢我写的文字。但是身处两地，接触和交流的机会少之又少。那年秋霜滚落，寒冬未至，我却遭遇了一场青春的暴风雪，像一株枯草，已经没力气再深深地抓紧一把泥土，把自己像一株小树那样对待，只能被肆意吹打，没有丝毫重量，时而被风卷着随意飘飞，时而被寒冷沉沉封冻。茫然无措也心灰意冷，颓废成一块废铁，任冰水啃食；消沉成一块顽石，随凄寒冻裂；腐化成一块朽木，让一堆磷火化为灰烬……然而，一束束光，温暖的，如一羽羽飞箭射穿我天空的阴霾。我疲惫地睁开双眼，一句句温馨的话语是一段段精致的阳光。你是太阳，更是一束火，只为我燃烧，给我近在咫尺的暖意。

冬天到来的时候，你从远方来看我，雪就纷纷扬扬地撒下来。多少个青春雪景，这一次的雪竟是那么暖！可惜的是，你来我学校的时候，正值期末，周围的饭馆超市都已经关门大吉了。跑了小半个夜晚，也没有完成给你交话费的壮举；那些可恶的路灯，表情昏暗，让你在一片阴影里摔疼了膝盖……我的寒冷是被你驱散的，然而马虎的我却让你在那个寒冷的宿舍冻了一晚；没能够买来你喜欢的

QQ糖，又在拙劣的饭馆吃拙劣的午餐……温和的你终究没有丝毫抱怨。是上天让我在艰难的条件中为你做感动的事，还是这艰难的开始预示我们的过程以至结局的艰难？

尽管如此，我还是希望能这样在一起久一些，为一些细小的感受刻骨铭心。但是该回家了，你妈妈在催促你，你得尽快回到妈妈身边去。后来我才知道，你外公病重住院。你却并未告诉我，而且因为我耽搁了两天。下午买好车票，一起匆匆回家。翘课在那一刻显然已经微不足道了，有一种莫名的冲动推着我，多么想和你形影不离。那感觉胁迫我不愿再做被动的堤岸，等潮水靠来。更心甘情愿成为一尾鱼，随着爱的潮涨潮落起起伏伏；甘愿成为一粒细沙，随着水的进退一同来来去去；最好能成为一滴水，成为爱的一部分，呵护你，宠爱你……每当我想起这些，总是狠心地觉得：我们的遇见是最美丽的错误，每一个小状况都警示着我们的结局，是我们没有丝毫的觉察，还是觉察到了不愿意承认呢？我也开始明白为什么那么多人感慨“人生若只如初见”了。也正因为你是火，在温暖我的同时也照亮我曾经不曾发觉的部分，比如马虎和无知。

由于走得匆忙，也因为我的粗枝大叶，更在于我往常坐车的习惯，没有买一点车上吃的东西，特别是水，以至于在我们都晕车的过程中，我才后知后觉。以往我很少晕车，这次却偏偏发生意外，后来才知道你常晕车！你先是靠着我的左肩，继而又用双手抓住前排座位的后背扶手。看着你苍白的面容，我先是用手轻轻抚拍你的后背，你依然把头靠在握住扶手的手上，像一朵快要萎谢的病水仙——娇美却柔弱不堪。我像被什么扎着，汽车颠簸一次，你无力地摇晃一次，我也被扎一次。终于，我什么都不在乎了，伸手揽你在我怀里，整个车里面就只有我们俩了，其他人仿佛顿时没有了踪影。我眼里满是你看我的眼神，怀里是整个世界，整个世界全部都是你！我愿意是一盏花盆，盛放你所有的美丽、所有的娇弱，只愿你渐渐绽放。一个懦弱之人终于背叛了自己的懦弱，一切勇敢的力量都源于你！

你外公家离我家其实并不算远，我以为我们能经常见面。可你要为外公送饭，去医院陪他照顾他。我既为你的孝顺而欣慰，又为见不到你而苦恼。只要晚上能与你在QQ上聊一会儿，我这个蔫气球就又能自由飞翔了。

不幸还是发生了。就在腊月的最后几天，外公还是离开了，是你的噩梦，也成为我的噩梦。这个世界上你最爱的也是最爱你的老人去追寻安拉了，他生于信仰也归于信仰，一场穆斯林的葬礼安然进行着。我知道你的哀痛，如裹尸布般纯粹而悠长，我多想潜入葬礼偷偷看你，给你安慰。可是你告诉我，穆斯林的葬礼不允许异教徒参与，去了会打扰死者的灵魂无法顺利接近安拉；又说即便我去了，几百双眼睛盯着灵堂，我也无法靠近你。而我又能做什么呢？

有一天晚上，我似乎做过这样一个梦：深夜，我睡意正酣，一个声音叫醒我，对我说，离开她，你不能和她在一起……我却怎么也睁不开眼睛，被大片大片的强光刺着，偶尔一眨眼的瞬间，他好像是个银须飘飞的老者，头戴一顶没有边沿的白帽子，慢慢地消失于强光之中。也许你不会相信我会做这样一个梦，有时候我也怀疑自己，可是每当我想象那场穆斯林的葬礼时，这个梦的情景就那么清晰地浮现，如一座孤岛，等我光顾。我惶恐不已，总安慰自己：梦与现实常常是相反的。我的不知所措最终在除夕之夜被你的声音阻断了。

“我做你姐姐吧？”

“为什么？”

“我觉得你好小，什么都不懂，”电话另一端你又说，“今晚家里就我一个人，我想外公，也想你，可我感觉不到你的存在……”

我的眼眶里似乎有什么在流。偷跑进屋的风像磨得飞快的刀，在为我刮骨疗伤。我冷，我疼，一句话也说不出来。窗外的积雪骤然成冰了，爆竹声、烟花影却误以为是粗糙的石头，在上面磨了又磨，以为声音会更响，颜色会更亮。而对于我，什么都听不见了，什么也看不了。

接下来的几天，你又故意告诉我，你有好多坏毛病，比如抽烟，又在同学聚会上喝得酩酊大醉……被除夕之夜的寒冰冻伤之后，我再也无法痊愈了。我懂你的心思，像个犯错的孩子一般，想挣扎着挽回些什么。直到有一天，你说你现在好难，要在我和另一个人之间做选择。你说，他是你高中同桌，曾经在一起好几年，因为吵架分开，这次他主动认了错……假作真时真亦假，我还能怎样呢？

在最短的幸福里，我珍藏起漫漫人生中被温馨烘热的青春，回忆会把往事拥抱，往事在为青春保温；在最浅的尘埃里，你永远是关于纯粹情感的诠释者，没有虚假、不含功利，更与世俗无关；在最深的青春里，纵然身陷挣扎境地，也能看见你和幸福的关系。怀念终究成了习惯，习惯一旦形成就仿佛远古人类在岩壁上的画一样，虽经历亿万斯年也难以抹去，反而在岁月的风雨中被怀念的抹布越擦越亮，越发弥足珍贵。

那次去兰州，没有让任何人告诉你。我不能见你，更害怕见你。正处于顺利遗忘的阶段，我怕再横生什么枝节。而我终将无从知晓，遗忘一个人需要多久多长。也许耗尽青春，也许用尽一生。我也终于明白：有的爱可以一见钟情，所有的遗忘却可以地久天长。你曾经告诉过我，说这是我性格之中懦弱的部分，需要不断改正，活在记忆中等于活在幻想中。而人需要自己去经历体验，直觉允许错误，感觉允许短暂，而眼睛告诉我们的，心灵会做出判断；双手触碰到的，时光会把它照亮。

也许我明白，爱是一瓶黏稠的襁糊，黏着彼此的时候带着永不分离的可能。在美丽的束缚面前，我们往往乐此不疲。可是它也能让彼此一塌糊涂，想脱离却发现黏着种种牵绊与纠葛。于是，共同欢笑过的世界便模糊了；互相温暖过，习惯了呼应的心便遥远了、凝固了；握过乐与忧的手麻木了；憧憬过未来的双眼混浊了，分不清方向，辨不明是非。

走过岁月的长廊，绕过记忆的窗棂，尽头该是一座轩阁，里面摆满了和你有关的点点滴滴。所有的楹联都和最深的青春有关，清晰的描进青花，缥渺的抚成琴音，遥远的写成诗章，亲近的绘成卷轴……剩余的栽成你喜欢的花草：丹桂、秋菊、腊梅、百合花……迟早门外会挂一把锁，而这世上唯一的钥匙是一个人疲惫的心跳加上沉重的跫音……

去工厂

⏭ 文 / 阿步

有雾有雨又有风，这是初冬的早晨。不到六点钟，我就站到河对岸的大柳树下等车了。这是最近几个月，每周末都要做一遍的事。刚在树下抽了一支烟，就看到两道强光破雾而来，照得我眼睛都睁不开。一摆手，车停，我上车。车里开着暖风，光线昏暗，再睡一觉是没有问题的。我在后面找了个座位，一抬头看见车载电视机，上面竟然放着一部鬼片。随便看了几眼，应该是一部老片子，上面的洪金宝、曾志伟都还那么年轻。车上的人，有的睁着眼睛看着，有的则把脑袋倒在一边睡了起来。赶早班车大概都是这个样子吧。

我也想睡，可是头有点疼，竟然也加入了看鬼片的行列。正在那个女鬼嗷嗷乱叫的时候，依龙打来了电话。一上来就说对不起。我们好久没有联系了，久到我都至少一年不曾想念过他。我们是老同学，在学校里，感情不错。时不时地，哥们儿几个还会到学校门口的小四川餐馆小酌两杯。我不胜酒力，每次他们都让着我。我很喜欢在小四川那种想喝就喝不想喝就不喝的氛围。毕业之后，这几年都没碰到过那样的酒场。这次他给我电话，也是和酒有关。喜酒，他的喜酒。怪不得他说对不起的时候也是带着几分甜蜜。

我在这边一直说着恭喜恭喜，他在那边一直说着对不起。说是明天就要结婚了，一直没有找到我的号码，联系不上我。还是今天有老同学过去了，问起我有没有去，正巧他又有我的号码，侬龙就赶紧拨了过来。去是肯定来不及了，只能在电话中致以祝福和歉意。侬龙也在电话那端调侃起我来，问我什么时候结婚。我说等着吧，好事多磨才好。侬龙又把电话给了另一个老同学，相互寒暄几句，也就挂了。等我挂了电话，抬头再去看鬼片的时候，发现有好几个人都在不友好地看着我，好像是对我打扰了他们的美梦表示不满。于是，我又低下头去。

我看了看我的QQ，侬龙那小子的号码正舒舒服服地睡在那一群熟悉的陌生人里面。其实，我一直都不太懂侬龙，从他的名字到他现在结婚，我都不是很懂。一个汉族人，弄一个什么“侬龙”的名字。还有就是表达对我的歉意也不用非得这么早打来电话吧。不懂。

我想他也不见得懂我。就比如，结婚这件事，他是明知我有故事，还偏哪壶不开提哪壶。像我这样一个三无人员，不结婚就是故事，结婚那就成了事故。在外人面前，我经常这么说，不过在我妈面前，我都会表现出一副万分火急的样子。我得让她知道，她儿子也在为这件人生大事操碎了心，没想耽误她抱孙子。不过现在，我妈好像也看开了，当七大姑八大姨聚齐聊起这个话题时，我妈也学会打马虎眼替我开脱了。那个时候，倒轮到我不舒服了。所以，我尽量在其他方面去弥补他们。就像昨天，陪二老去市里买衣服，逛了三个商场，花去一千大洋。他们一直说太贵了不要买了，但是我跑到柜台就结了账，我一点都不心疼，我觉得我挣钱就得给他们花，挣得再少也得给他们花。

其实，我每周从工厂里回来一次，不光是为了逃离那个压抑的环境让自己放放风，也是为了弥补对二老的亏欠。每次回去，我都得买些吃食。要不，他们自己也舍不得买。虽然每次他们都说没事儿下周就不要回来了，我点头。但是下一周一到家，他们都乐得合不拢嘴，他们也是习惯了。以前每次从家里回来，都是走着去隔壁一个村子坐城乡班车，八点上班，坐七点钟的那一班。运气好还有个座位，运气差就得站一路。最近这几个月，我选择坐这趟通往天津的大巴，因为它就从我家对岸过。我家在河边上，它就相当于在我家屋后经过。不仅看上去比我们的城乡班车要高端大气，而且省去了再走那一段不算短的路。还有更重要的，这趟天津大巴很准时，不像城乡班车说是七点钟到，有时要等到七点半才能来，活活急死人。如果等车时遇到熟人，还得寒暄几句，我很不喜欢寒暄这件事。

我靠在座椅上，闭着眼想着这些乱七八糟的事情。耳边还不时传来鬼片中女鬼的号叫。睁眼看了看窗外，怕自己一不小心坐过站。看到路边有些人家竟然也亮起了灯光，这么早。最近爸妈合计着想弄个包子铺，我想要是真弄成了，他们每天也得这么早起。

又拿出手机看了看QQ，发现匆匆的QQ竟然在线。自从那次她和我说了她的遭遇之后，有好几天都没有通话了。这几天里，她在QQ上给我留了言，当时正在忙工作，就也没顾得上回，不知道她怎么样了。现在想来，匆匆是我大学同学里唯一还保持密切联系的女同学。她是我妹妹，比我亲妹妹还亲，因为我没有亲妹妹。我记得我这么说过。她骨子里应该算是一个文艺青年，只是比较隐蔽。她好像不怎么愿意把那一面给半生不熟的人展示，在别人眼中她就是一个假小子。她有良好的家庭背景，不过她的这次遭遇也和她的家庭背景有着千丝万缕的关系。她家里人不喜欢她去酒吧里唱歌，他们说那是卖唱。但是我知道，她真的喜欢，她站在舞台上就变成另外一个人。她唱张国荣、唱梅艳芳，也唱邓丽君和王菲。她说张国荣就是一个精灵，她说王菲的“爆米花流泪”真不是一般人能唱得出的。我说那是林夕写的词，她却说只有王菲才能唱得爆米花流泪，别人不行。

前些日子，她正在舞台上唱着张国荣的《我》，她的嫂子带着一帮人横冲直撞闯进酒吧把场子砸了，并且上去就给了她一个耳光。她当时觉得世界末日到了。当天晚上她就扛着大包小包离开了那个宽敞明亮的家，和同为驻唱歌手的老公在北京的一个仅有十平方米的小房子里住下。她说，她现在是有家不能回，也不想回。我说不管怎么说那毕竟是家，她就不说话了。沉默过后，就又说：“我真的太惨了，哥，你是不知道，当时我真被抽惨了。从小到大都没人敢动我一个手指头，真咽不下这口气。”

这就是匆匆。她做了我一直想做却一直没有做的事。

我正想在QQ上和她说句话，却听到前面的司机喊：“226站到了。”

这是我的终点站。下了车，寒气袭来。在路边唯一的那个老太太的小摊上买了一个煎饼，揣口袋里就往工厂走。这个老太太一开始做得很难吃，脆皮一点都不脆，不过吃了几次，每次都有进步。

还记得，在我们另一个哥们儿的婚礼上，我和匆匆一直窃窃私语，说着没边儿没棱儿的话，谁谁变化真大，谁谁还是那个德行。说实话，我很少去参加婚礼。觉得是一帮人去给两个人当灯泡。没什么意思。回来匆匆就在QQ上跟我说：我觉得我们没有以前好了，以前我什么话都跟你说，最近都说得特别少。好像有一段时间里，关于你的记忆是空白的。说得我们都很伤感。

226站离我们工厂很近，没几步路。一进公司先去打卡，省得一会儿还得下来。又到办公室里喝了口热水，看了眼我的电脑，看了看桌上的那盆绿萝，从一开始弄来时的几片叶子，到现在满满一盆，绿得很是惹人喜欢。它也跟着我从铁皮房子搬到了宽敞明亮的大屋子。

细细算来，我来这里已两年半，中间有好多次都不想干了。很想把所有的事都扔一边，昂首挺胸地走到老总面前，大声说：“我不干了，谁爱干谁干。”这个场面在我的脑海中不知出现过多少次，可是一直都没实施。竟然在这里一待待了两年半。这让我自己都有点不敢相信。去年年底我就对自己说，坚持到年底。后来过了年，又说坚持到“五一”。再后来一直拖，拖到现在，又快要过年了。还得过年哪，总不能让自己在空无着落中过一个传统佳节吧。走亲访友的时候，和亲戚朋友说起来好像很悲惨的样子。这个说出去还真不怎么好听。

其实最近，我压力很大，工厂里总是出问题，不是这个局就是那个局总来查，我都得小心陪着。有时在饭局上，我端起酒杯真想泼到对面那人脸上。特想放肆一回，什么都不想什么都不管，背个包去浪迹天涯。这是我从小的梦想，看上去太诱人了。可是又一想，老妈老爸，那么大年纪了，真不忍心让他们看着我再去四处漂泊，从头开始。所以忍了，酒也就跟着一杯杯下了肚。

从办公室出来，我上了宿舍。还不到七点，还可以睡个回笼觉。躺在床上，头有点疼，拿出手机翻出了QQ，给匆匆留言：

有时我特别希望有个人在我抽烟的时候，上来就不由分说地把我的烟抢过去，扔地上用脚尖碾到稀巴烂。那种感觉真爽。可是再也没有出现过那样的一个人。那样的人在三年前就已经被我扔进了垃圾箱。上面写着“不可回收”。但是，夜深人静时，我还是会想起那个人，只是不想再让那个人知道而已。

我想匆匆应该知道我说的是谁。

等了一会儿，匆匆也没回我。我也迷迷糊糊就睡着了。

图书在版编目（CIP）数据

浮生无可说 / 方达主编. —武汉 : 湖北教育出版社，2015.10

（盛开）

ISBN 978-7-5564-0880-1

Ⅰ. ①浮… Ⅱ. ①方… Ⅲ. ①中国文学—当代文学—作品综合集 Ⅳ. ①I217.1

中国版本图书馆CIP数据核字(2015)第238160号

出版发行 湖北教育出版社

邮政编码 430015

电　　话 027-83619605

地　　址 武汉市青年路277号

网　　址 http://www.hbedup.com

经　　销 新华书店

印　　刷 北京京都六环印刷厂

开　　本 710mm×1000mm 1/16

印　　张 16.5

字　　数 241千字

版　　次 2015年11月第1版

印　　次 2015年11月第1次印刷

书　　号 ISBN 978-7-5564-0880-1

定　　价 29.80元

如发现图书质量问题，可联系调换。质量投诉电话：010-82069336